黑色魔咒❸

Poor Unfortunate Soul

为了所爱之人，你愿意拿什么作为交换？

命运的筹码

迪士尼（中国）公司/著　刘永安/编

北方联合出版传媒（集团）股份有限公司

万卷出版有限责任公司

ⓒ 迪斯尼（中国）公司　刘永安　2024

图书在版编目（CIP）数据

命运的筹码/迪士尼（中国）公司著；刘永安编. —
沈阳：万卷出版有限责任公司，2024.2
　　ISBN 978-7-5470-6111-4

　　Ⅰ.①命… Ⅱ.①迪… ②刘… Ⅲ.①长篇小说—中
国—当代 Ⅳ.①I247.5

中国版本图书馆CIP数据核字（2022）第191759号

出　品　人：王维良
出版发行：北方联合出版传媒（集团）股份有限公司
　　　　　　万卷出版有限责任公司
　　　　　　（地址：沈阳市和平区十一纬路29号　邮编：110003）
印　刷　者：宁波乐图纸制品有限公司
经　销　者：全国新华书店
幅面尺寸：145mm×210mm
字　　　数：105千字
印　　　张：6.25
出版时间：2024年2月第1版
印刷时间：2024年2月第1次印刷
责任编辑：冯顺利
责任校对：刘　洋
封面设计：刘萍萍
版式设计：徐春迎
ISBN 978-7-5470-6111-4
定　　　价：42.00元
联系电话：024-23284090
传　　　真：024-23284448

为了所爱之人，
你愿意拿什么作为交换？

目录

序　曲　　贝壳项链的秘密　001

第 1 章　　深海女巫　009

第 2 章　　悬崖上的女巫们　015

第 3 章　　女巫来到伊普斯威奇　023

第 4 章　　海宝贝　029

第 5 章　　访客　043

第 6 章　　可怜、不幸的灵魂　057

第 7 章　　女巫的巢穴　063

第 8 章　　南妮的秘密　073

第 9 章　　黑魔女的警告　081

第 10 章　　城门前的追求者　085

第 11 章　　古怪三姐妹的悲叹　095

第 12 章　偷来的声音　111

第 13 章　波佩杰王子的致歉信　117

第 14 章　一帆风顺的诡计　123

第 15 章　意外的来信　131

第 16 章　与波佩杰喝下午茶　137

第 17 章　女巫们的冬至　143

第 18 章　深海女巫的背叛　161

第 19 章　瑟西的绝望　173

第 20 章　川顿的懊悔　181

第 21 章　沉睡女巫　183

尾　　声　未完待续　187

序曲

贝壳项链的秘密

乌苏拉游走在伊普斯威奇小镇上，身后尾随着一片宛如触手的暗灰色迷雾，当地村民躲得无影无踪。她发出的笑声在一栋栋用木板封死门窗的屋子之间回荡，可怜的村民只能躲在家里发抖。海洋女神回来复仇了，所有人都吓坏了，她的出现就像噩梦成真降临此地。

　　她特地为了这趟旅程而变身成人类的模样，并用魔法控制雾的形状，创造出许多只骇人的触手在背后蜷曲扭动。凡是触手所及之处皆被摧毁殆尽，凡是她经过的道路都化为腐朽的秽土。

　　乌苏拉走到广场的钟塔下方，触手袭向钟塔。虽然她可以利用这座钟塔做出许多邪恶的事，但她只是将钟塔变成宽大的黑色方尖碑，就如同一座纪念碑。

　　憎恨。

　　她的魔法充满了憎恨。而在那股憎恨中，还有一种刻骨铭心的哀伤。这些人夺走了这个世界上唯一爱她的人，现在她不仅要讨回公道，而且非要让他们受尽折磨不可。乌苏拉将鬼魅般的触手伸进海里，将她海底的爪牙召唤出来。

海妖。

这些丑陋的海妖是人类与海洋动物的混合体，只有最丧心病狂的疯子，才能想象并且创造出这种怪物。苍白且阴沉的海妖浮出海面，凹陷的眼窝尽是失焦的目光，咧嘴露出一排排锋利的黄色牙齿。她们薄薄的肌肤是半透明的乳白色，用肉眼就能看见她们皮肤底下的深蓝色血管与结构诡异的骨骼。

海妖们开始唱歌。尽管她们的歌声会让人类颤抖，甚至使人类的耳朵流血，但是在乌苏拉的耳里，这歌声美妙极了。她觉得这歌声既迷人又令人陶醉，简直动听得无法用语言形容。海妖的幽冥旋律，迫使一个又一个卑鄙的人类从深锁的屋子里走出来，被吸引过去。

"多么弱小的存在。"乌苏拉心里想着。她开心地看着人类脸上既悲惨又困惑的表情，想到即将降临到他们身上的厄运便开怀大笑。村民继续被歌声吸引而走向大海，他们不知道自己将如何被消灭，也无法求饶，只知道无力自保，被海水呛得喘不过气，心中充满恐惧却连放声尖叫都办不到。乌苏拉认为这是她有生以来见过最美丽、最扣人心弦的画面。

如果深海女巫乌苏拉让海妖继续合唱下去，这些人类将必死无疑。但就这样死去，未免也太便宜他们了吧？她还想继续看他们恐惧的模样，看他们承受永无止境的折磨。她想把他们变成人类最害怕也最厌恶的东西。

她想要让这些人展现出最可鄙的那一面。

当乌苏拉的憎恨渗透整座伊普斯威奇小镇后，她目光所及之处皆已成为废墟。置身于这片"景色"中的乌苏拉显得十分耀眼，就如在一片焦土中突然冒出的一块光彩夺目的珠宝。乌苏拉的脸色因为愤怒而发白，哀伤的眼神溢满复仇的意图，她的内心充满了怨念。

圣女的仇恨。就是这个——圣女。

她第一次感到自己如此真切地活着。她看着眼前七窍流血的人，一点也不同情他们。乌苏拉没有丝毫犹豫，也听不见任何恳求或哭泣的声音。海妖的歌声让村民们发不出声音，虚弱又肮脏地站在乌苏拉面前，只能束手无策地走向灭亡。

"古老众神之力，在此顺我之意，此乃深渊者，要求让这群人类归于大海！"

随着咒语起效，村民们纷纷倒在地上开始抽搐、呼吸困难。他们气喘吁吁地环顾四周，看着其他人一一变成恐怖的海底生物。从现在起，这些人将永远服从于乌苏拉，他们再也不是人类了，并且将永远保持如此畸形丑陋的外表。

乌苏拉仰天大笑，她的笑声传遍整片大陆，传进各王国众女巫的耳里。不论是属于黑暗或光明的阵营，其中最强大的那些女巫都忍不住打起冷战，因为她们可以感受到这股笑声里潜藏的力量。她们很清楚注满仇恨的魔法有多强大，也知道如此强大的魔法可能引起多大的毁灭。暗灰色的迷雾触手在乌苏拉身边萦绕，她看着惊恐无比的人类在完全变成怪物前还在做垂死挣扎，但他们无声的呐喊只会让乌苏拉感到眼前的景象更加完美。

"别抵抗了，我的乖宝贝们！"她大笑着说，"不过，越是挣扎就越痛苦，所以你们还是继续抵抗好了！"

这一切比她预期的更畅快。这股仇恨，这波彻底的报复性毁灭，所有的一切实在是太美妙了。

如此壮丽。

乌苏拉的笑声如雷般响，她一边踏进岸边汹涌的浪涛之中，一边鼓励她的新爪牙启程，前往他们连想都不敢想的阴暗海底。那个只有在做噩梦、极度焦虑或生病发高烧产生幻觉时，才会悄然乍现的万丈深渊。

这些由人类变成的怪物，从现在起就是她的奴仆，她可以随心所欲地使唤并尽情折磨这些奴仆。当岸边的海浪拍湿乌苏拉的双脚以后，她的身体也开始慢慢变形，藏在她人类外壳里的真实样貌似乎急于脱壳而出，渴望露出真面目回到海中遨游。

她变得如海怪般庞大，居高临下看着惊恐万分的新奴仆，对他们悲惨的处境很是满意。就在此时，有个人影毫无预警地从海里冒出来，其气势犹如一艘幽灵船从海底急速突破海面。

"立即停止这种疯狂的行为！"那声音比惊涛巨浪还响亮。

如果说乌苏拉好比一团漆黑，那么他就像一盏明灯。他的外表英俊挺拔、气宇轩昂，简直可以说是完美无瑕。他身上散发出来的气质与特征，就跟陆地上那些地位崇高的男性人类没什么两样。乌苏拉还不知道这个渺小的海神是什么来头，但她已经很清楚自己不喜欢他了。

"你凭什么命令我?"她将头向右一甩,以便看清楚那个可笑的无名小卒。

"你不是刚向古老众神发出请求吗?我这就来了。"

"我是请求帮忙,不是干扰!"

"看看你的周围!看看你对这片土地做了什么事!这片土地已全被你的憎恨化为焦土,变得跟老王后的土地一样荒芜。别步她的后尘,妹妹。跟我回家吧,回到你原本的归宿。"

乌苏拉沉默不语,一脸困惑的模样。

"听着,妹妹。你的脖子上不是戴着一条贝壳项链吗?那是你出生时父亲赠予你的礼物。由于你失踪得太早又太久,我们以为你已经永远离我们而去。我曾祈祷终有一天,你会发现蕴藏在你体内的力量,并用那股力量召唤我,但我万万没想到会看到眼前这幅景象!"他满脸嫌恶地看着乌苏拉造成的破坏。

"你对我的生活根本一无所知!我一直孤独地待在这里,与这群恐惧我、厌恶我的人类生活在一起,你根本就无法理解我承受了什么样的痛苦与折磨!"

"乌苏拉,你真的不记得我了吗?我是你的哥哥川顿。"乌苏拉既愤怒又疑惑地看着川顿，对他那张脸毫无印象。

"抱歉，乌苏拉。我来带你回家了。"

第 **1** 章

深海女巫

距离上一次见到亲爱的古怪三姐妹，已经是许多年前的事了。自从乌苏拉被逐出川顿的宫廷以后，她一次也没去拜访过三姐妹。要叙旧的话，可能得花上几天几夜。她不停地往上游，直到看见照射在水波上舞动的光影，她知道自己终于快浮出水面了，甚至看得出来站在岸上的模糊人影，正是等待她出现的古怪三姐妹。

　　真的是好久不见了。一想到这里，她决定干脆来个华丽登场。于是她的身体逐渐变得巨大，触手也跟着伸长，变身的过程总是让她觉得自己是主宰大海的支配者。

　　我也好久没感受过这股力量了。

　　她几次以这副巨大的样貌摧毁无数艘大船，将支离破碎的船只扔进那片幽冥的不祥深渊。乌苏拉庞大的身躯冲出海面直上云霄，她看见古怪三姐妹露辛达、鲁比和玛莎圆鼓鼓的大眼睛里充满惊愕，她们站在潮湿的黑岩上，因寒冷打着冷战，看起来十分渺小。

　　乌苏拉总觉得古怪三姐妹拥有某种怪诞美：她们三个都有相当大的眼睛，嘴巴却出奇地小，乌黑的长鬈发完美衬托出她们苍白的脸色，实在叫人过目难忘。尽管她们的羽毛发饰因为潮湿而与头发紧贴成一团，看起来就像是受惊的落汤鸡，但乌苏拉还是觉得古怪三姐妹很美丽。瞧她们现在惊慌失措的模样，乌苏拉心里暗忖，谁也想不到这三名女巫可是活生生的传奇人物：她们是老国王，也就是现任王后白雪父亲的远亲；她们也是协助黑魔女玛琳菲森让爱洛公主一直保持沉睡的幕后帮手；还有，虽然乌苏拉绝对不会亲口承认，但她能够重拾失去的力量，也得归功于古怪三姐妹找到她的贝壳项链。不过，古怪三姐妹可不是白白将项链送还给乌苏拉，而是透过以物换物的方式才让项链回到她手上，毕竟古怪三姐妹的妹妹想向她索讨的东西无法轻易得到，因此她们之间算是互不相欠。

　　乌苏拉庞大的身躯激得水花四溅，冰冷水花喷洒到满脸惊恐的三姐妹脸上，露辛达忍不住倒抽一口气，而乌苏拉雷鸣般的轰隆笑声同时也震耳欲聋。

　　"真高兴再次见到你们，好姐妹，我们实在是太久没见面啦！"

深海女巫乌苏拉弯下身子，将脸凑近盯着古怪三姐妹瞧，她真的觉得她们非常漂亮。

只不过她们的样貌都不符合彼此的审美观。

乌苏拉张开双臂作势要拥抱她们，古怪三姐妹小心翼翼投入她的怀抱，直到确定乌苏拉没有恶意以后，她们才终于露出松了一口气的模样。

"你戴上了我们给的礼物。"古怪三姐妹异口同声说道，直直地盯着乌苏拉脖子上戴着的金色贝壳项链。直到刚才，她们都还在担心乌苏拉是否已经知道，其实那条项链一直以来都摆在家里的食品储藏间，而且还差点被她们遗忘。要是让乌苏拉知道这件事的话，她肯定会怒不可遏。

还好，乌苏拉听到古怪三姐妹沙哑的声音，并看见她们乌黑秀发上挂着的羽毛发饰后，再度开怀大笑说道："谢谢你们，亲爱的朋友。你们早晚一定得告诉我，究竟是如何从我哥哥那里夺回项链的。还是说，其实是瑟西夺回来的？当初她拿项链过来进行交易时，我忘了顺便问她这件事。话说回来，瑟西怎么不在这儿？我有点意外她没有跟你们一起来。"

瑟西。

光是听到这个名字，古怪三姐妹的心仿佛就像被人捅了一刀。瑟西是她们伤心欲绝的原因，也是露辛达提议她们应该来找乌苏拉求助的理由。古怪三姐妹之所以哭丧着脸，全都是因为瑟西。她们徒劳无功地朝黑暗中呼唤她的名字，恳求她回心转意原谅她们，但瑟西始终没有回应，因此她们只好召唤深海女巫寻求帮助。当然，若要乌苏拉伸出援手，就必须先给予相当程度的回报才行。

这是乌苏拉一贯的作风，她可是谈生意的高手。

"瑟西，我们的心头肉，选择离开了我们……"露辛达先开口，酒红色缎面的礼服沾满了泪水，另外两姐妹也一样，不断哭泣而哭花了妆，泪水混着黑色眼影从她们的脸颊上滑落下来。

"她实在太生我们的气了！气得跑到连我们的魔法也找不到的地方。"鲁比接着说。

"这就是我们来找你的原因，乌苏拉。我们想再见我们亲爱的妹妹一面。"玛莎则几乎泣不成声地说完最后一句话。

乌苏拉明知故问道："亲爱的，既然你们有那么多面魔镜，是否试过用魔镜召唤出她的画面？"

古怪三姐妹再次号啕大哭起来。

"她离开时一定是施了什么咒语，让我们无法召唤她！"玛莎哭肿的双眼充满悲伤与恐惧，另外两人也是。

乌苏拉看得出她们是真的很害怕，她不曾见过古怪三姐妹如此懊悔且悲痛欲绝的模样，"玛莎，我向你保证，我会帮忙找到瑟西的。亲爱的姐妹们，我向你们每一个人保证，你们肯定会再次见到你们的妹妹。"

乌苏拉露出她的招牌笑容并对自己施展人形魔法，她庞大的身躯开始逐渐缩小，直到完全变成人类的外表后，她伸出双手抱住哽咽的玛莎。乌苏拉很清楚古怪三姐妹会不惜一切代价换取机会，只为了再次见到瑟西一面，而她当然也很乐意助她们一臂之力，因为乌苏拉刚好需要古怪三姐妹的独门魔法作为回报。

第 **2** 章

悬崖上的女巫们

深绿色的姜饼屋坐落在悬崖边上，看起来摇摇欲坠的样子。屋子的窗框是金色的，里面挂着黑色百叶窗。屋顶尖尖的形状就像一顶女巫帽，屋子在迷雾中显得有些模糊不清，四周被嘎嘎叫个不停的乌鸦所包围。

"黑魔女也会加入我们吗？"乌苏拉开口问道，这四名女巫正一同走向古怪三姐妹的家。

"不！不！水火不能兼容！"露辛达赶紧回答，乌苏拉听了哈哈大笑，她不明白为什么古怪三姐妹那么怕她跟黑魔女相聚。

"我们天不怕地不怕，乌苏拉，只是凡事多小心。"露辛达侧眼看了乌苏拉一下，若无其事地说道。

接着，她们爬上歪斜的楼梯，每一步都踩得咯吱咯吱响。乌苏拉看着眼前这栋自己多次造访的姜饼屋，悉数这屋子曾经在哪些地点出现过，她好奇姜饼屋底下是否长了一双鸡腿可以自行移动，抑或是古怪三姐妹每换一个落脚处，就凭空把姜饼屋变出来。

当然，她也知道移动房子其实不过就是简单的召唤术而已，但她更喜欢想象古怪三姐妹坐在有女巫帽的姜饼屋里，驾驭着结实的鸡腿奔向目的地并一路咯咯笑的画面。乌苏拉一边为自己脑海中浮现的画面放声大笑，一边走进这栋她过去经常来做客的奇妙小屋。虽然屋子的地点经常改变，但屋子本身与其古色古香的小厨房却从未改变过。

阳光透过主墙上一扇又大又圆的窗户照进来，窗外可看见老王后的苹果树以及海浪拍打岩石的景象。厨房茶具架上摆满各种不同图纹的漂亮茶杯，就像是从不同的茶具架上拿过来的似的。如果说这些茶杯是古怪三姐妹从各地顺手牵羊塞进皮包里带回来的，乌苏拉也不会感到意外。她更想知道是否每个杯子背后都有一个故事，那些关于茶杯原来的主人，以及茶杯最后如何落到古怪三姐妹手里的故事。

乌苏拉不禁好奇，哪个茶杯原本是属于老王后格林海德的？哪一对茶杯是属于仙蒂瑞拉的那两个坏姐姐安泰西亚和崔西里亚的？而黑魔女玛琳菲森的茶杯又是哪一个？

厨房外是有大壁炉的主客厅。壁炉架相当宏壮雄伟，左右两侧各立着一尊高大的渡鸦雕像，它们冰冷的眼神望向一片虚无。客厅里还有许多扇彩色玻璃窗，阳光透过花窗在客厅里照射出诡异的光彩，花窗上的彩绘主题是女巫们的各种冒险故事。其中一扇花窗的主题是一个红苹果。乌苏拉觉得那扇窗户看起来格外寂寞与悲伤，不过她会有这种感觉，也许只是因为她多年前曾经听古怪三姐妹讲过老王后的故事。

乌苏拉究竟纤尊降贵变身成人类的模样，坐在这壁炉旁听了多少故事？人类这种奇怪丑陋的生物，她一点都不喜欢。当她缩在人类的躯壳里时，总觉得自己渺小又脆弱。她变成人类时，声音也变得不洪亮、没气势，感觉有气无力，半点威严都没有。

她无法想象人类怎么有办法靠这副虚弱的臭皮囊生存在这世界上。人类的身体总是这里痛那里痛，不管想去哪儿都得靠走路，就连坐也只能坐在硬邦邦的家具上。人类真荒谬，糟糕透顶。

还好，至少她身边还有露辛达、鲁比、玛莎和她们迷人的玳瑁猫做伴，分散了她变身成人类时所感到的痛苦。

古怪三姐妹共同抚养的猫——普兰兹，缓慢眨着她那双黄澄澄的猫眼，示意问候刚进家门的女巫。

"嗨，普兰兹。"乌苏拉笑着打招呼。普兰兹伸了伸爪子并再次慢慢眨眼，表示她很欢迎乌苏拉来家里拜访。普兰兹能够看穿乌苏拉藏在人类躯壳里的真实样貌。这只猫认为，与乌苏拉变成陆地上的人类样貌相比，藏在人类表皮下的深海女巫，实在是美丽太多了。

喔，别误会，乌苏拉的人类伪装也很漂亮。化身为人类的她有双又大又黑的眼睛，一头浓密的深棕色秀发衬托着她的瓜子脸，那是任何人都会认同的美貌，但普兰兹更喜欢深海女巫的真实样貌，显然深海女巫自己也一样。

普兰兹看着乌苏拉将双腿搁在鲁比拿给她的一张软垫搁脚凳上，接着古怪三姐妹便在厨房里忙进忙出地为乌苏拉准备茶点。自从她们的妹妹瑟西离家出走以后，普兰兹的主人们就完全变了样，普兰兹越来越担心古怪三姐妹会因为长期焦虑而萎靡不振。不过更让这只猫感到困扰的是，古怪三姐妹变得太安静了。她已经听惯了古怪三姐妹的疯言疯语和喋喋不休的漫谈。但瑟西离开后，这栋房子就安静得难以忍受。

古怪三姐妹现在只会闷闷不乐地坐在椅子上发愁，甚至提不起精神跟平常一样思考如何作怪。而且当她们开口说话时，她们尽可能把话说得清清楚楚，只为了万一瑟西终于肯回家的话，听到她们这样说话会比较开心。普兰兹认为，如果古怪三姐妹那副充满憎恨的空壳里还有心的话，那么在瑟西眼神充满恨意、言语带着愤怒以及内心深受伤害愤而离去的那天，她们剩下的心也早就碎光了。

　　瑟西和她的姐姐们不同，普兰兹想：瑟西懂得爱，而露辛达、鲁比与玛莎用魔法伤害了她曾深爱过的男人，此举让瑟西终于再也无法继续容忍她们的行为。普兰兹并不责怪古怪三姐妹对那位王子做过的事，不管是故意加深他的诅咒，或者是一天到晚折磨他的心智。她们差点就要把他给逼疯了，但之所以这么做也不是没有理由的，谁叫他辜负了瑟西的一片真心，待她十分尖酸刻薄呢。

　　古怪三姐妹所做的一切干涉和阴谋诡计，都是为了替妹妹出一口气。但瑟西对于她们插手捣乱诅咒感到非常愤怒，因为王子反而变得更加贪婪、更加频繁地伤害他人，整个过程甚至差点摧毁数座王国。

　　不，瑟西绝不可能原谅她的姐姐们。普兰兹几乎可以肯定，瑟西处罚她们的方式，就是永远都不会再跟她们说话。这只漂亮的猫希望乌苏拉的来访，能够重新激起她的女主人们哪怕一丝丝往昔的邪恶精神也好，带她们一步步走出忧伤和沮丧。

普兰兹的思绪被一阵尖叫声打断，那阵叫声吓得玛莎摔破手上原本端着的玻璃茶壶，茶壶掉到厨房黑白格子相间的地板上，摔成无数块玻璃碎片。原来是鲁比哭了起来。玻璃碎片如钻石般闪亮，吸引了乌苏拉的目光。鲁比越哭越凶，不知不觉中已经哭倒在前来安抚她的深海女巫怀里。

"普兰兹认为瑟西永远都不愿意再跟我们说话了！"接着另外两姐妹也一起放声大哭，搓手顿足并撕扯她们所穿的衣服。玛莎开始拉扯自己的头发，露辛达则扯下羽毛发饰，像个疯女人一样往房间四处乱扔。

"各位女士，停下来！"乌苏拉发出低沉有力的声音喊道。

古怪三姐妹看见壁炉的火光将乌苏拉的影子照射到厨房墙上，但火光照射出来的不是深海女巫优雅的人类身影，而是她真实样貌的影子，占据了整座厨房。

"安静！"乌苏拉喝令道。

古怪三姐妹安静了下来。

"我保证你们一定会再次见到你们的妹妹。但首先，我需要你们帮我个忙。"

第 3 章

女巫来到伊普斯威奇

女巫们站在悬崖边缘，俯视着底下的沿海小镇伊普斯威奇。在一层层浓厚的烟灰底下，那些饱经风雨侵蚀的破旧小屋，早已变得面目全非。这里仍然散发着憎恨的气息，当年导致那场灾厄发生的魔法，充满了深刻的痛苦与折磨。

古怪三姐妹不但看得入迷，而且简直是深受感动。

当乌苏拉多年前毁灭这座小镇时，古怪三姐妹就跟这块陆地上所有女巫一样，因为那股力量打了个冷战。那座变成黑色方尖碑的钟塔就像死亡的纪念碑一样仍耸立在这块土地上，提醒所有人别惹火深海女巫。不过在古怪三姐妹看来，这片风景很美。

就连乌苏拉的哥哥也无法净化这片土地。他的魔法尽管那么纯净而强大，也穿透不了乌苏拉的仇恨。即使是老王后最盛怒的时期，也无法造成这么大的破坏。哦，老王后也曾摧残过大地，但最后她只留下一棵奇特的树，树上只结了一个闪亮的红苹果，象征着坏王后黑暗又孤独的心中仍残留一小块爱与希望的碎片。

古怪三姐妹一致认同，那就是老王后的失败之处：她仍保有爱。她从未打从心底真正屈服于悲伤与愤怒，她始终没有让自己的内心完全充满仇恨。即使是现在，老王后仍不时从魔镜里偷偷看她女儿——白雪，而且使用的还是古怪三姐妹的魔镜！古怪三姐妹一想到这件事就气得要命。白雪手上仍拥有她们珍藏的其中一面魔镜，因此受到老王后的保护，使古怪三姐妹无法对她伸出魔爪。

老王后实在是令人失望透顶，她任由自己被悲伤、孤独与恐惧吞噬，最后被爱削弱威力。甚至在死后，她还用至死不渝的爱保护着白雪。古怪三姐妹常常在想，如果老王后没有出于对女儿的爱而选择自杀，那么她现在已经达到什么境界了？古怪三姐妹对她真是大失所望。但乌苏拉就不同了，她在这个世上孤独一人，陪伴她的唯有悲痛，乌苏拉绝不会让她们失望。和老王后不一样，乌苏拉能够将内心填满仇恨。

喔，还有一个人，曾经变成野兽的王子也是，他差点就办到了，不是吗？真的就差那么一点点。他内心的憎恨有时连古怪三姐妹也会畏惧三分。要不是因为有瑟西和贝儿，他早就因为自己可恶又贪婪的行径而死无葬身之地了。

她们的思绪回到乌苏拉身上。她与她们所知道的其他人处于不同层级，她是多么了不起的存在，她是没有人性弱点的伟大女巫。她的憎恨既公正合理又纯粹，不受自我怀疑或良心约束。像乌苏拉这样的女巫可不常见，古怪三姐妹很高兴能和她做朋友，但她为什么要带她们来到这里？

这里有什么特别的吗？

古怪三姐妹有时会忘记，乌苏拉并不像她们一样会读心术。因此过了一会儿后，她们才想起来如果要从乌苏拉身上得到回答，就必须开口向她问话才行。

"为什么选这座小镇？""对啊，为什么？这种沿海小镇到处都是。""许多城镇都充满了凶残的渔夫。""为什么特别挑这座小镇进行复仇呢？"

乌苏拉扑哧一笑，没想到她们把事情想得那么简单。实际上，她可从来没有因为人类侵犯大海而对人类的村镇发起过战争。不，那场屠杀是私人原因。

"亲爱的姐妹们，这里曾经是我的家乡。一切都从这里开始，我想从头开始跟你们分享我的故事。"乌苏拉停顿了一下，陷入一阵沉思，接着再度开口，"我之所以带你们来这里，是因为我希望你们帮助我杀了川顿。"

古怪三姐妹打了个哆嗦。的确，由仇恨所激发的魔法十分强大。如果乌苏拉愿意收集她们的仇恨转化为力量——这就是古怪三姐妹的独门魔法，那么她们确实有可能摧毁川顿。不过，古怪三姐妹需要能够说服她们对川顿投入大量仇恨的理由，因此她们需要知道乌苏拉的故事才行。

真心之恨，不是空穴来风，真正的恨是孕育出来的。恨意必须发自内心，如此一来它才算是真正存在，并能悄悄溜进敌人心里扼杀他们。只要动机足够吸引古怪三姐妹，只要这件事能驾驭她们的仇恨，那么她们就无坚不摧。接着，古怪三姐妹突然又想起她。

她们的瑟西。

那一次或许是她有生以来第一次内心充满仇恨。古怪三姐妹曾以为她的心里填满了太多爱，以至于不会憎恨任何人，更别说是恨自己的家人了。然而，没想到她的内心，原来深藏着对姐姐们的厌恶。即使是古怪三姐妹最疯狂的时候，她们也不曾想过有可能失去妹妹的爱。这真叫人不敢置信，但事实胜于雄辩，瑟西痛恨她们私自干涉那头该死野兽的事！不管她们怎么恳求原谅，瑟西就是无动于衷。她的心碎了，碎成无数块碎片，碎到露辛达、鲁比和玛莎无论如何都无法修复。

古怪三姐妹心中闪过一个念头：如果瑟西铁了心永远都不想再见到姐姐们，她的魔法确实是办得到的。这想法让三姐妹背脊发凉。永远见不到妹妹，对她们来说是最严重的惩罚，天底下没有比这更恐怖的事情了。她们怀疑自己是否真的如此罪该万死，难道不是瑟西太小题大做了吗？她们所做的一切都是为了瑟西，为了捍卫她的尊严，出自对她的爱。一切的一切都是为了瑟西，她们最疼爱的妹妹。只要能再次见到瑟西，即使要她们冒生命危险去杀死海神川顿也在所不惜。

古怪三姐妹能够摧毁一切，再加上这些赌注，若能换取再次见到瑟西的宝贵机会，要挑起心中的仇恨并不会太困难。

第**4**章

海宝贝

在这栋姜饼屋造型的房子里，普兰兹蜷缩在角落，准备好和女巫们一起听乌苏拉的故事。古怪三姐妹让乌苏拉坐在壁炉旁最舒服的一张浅紫蓝天鹅绒椅上，椅子前方堆起许多蓬松的红色垫子，好让她把疲惫的双脚放在上面。她不习惯在陆地上用双脚走路，这实在是把她累坏了。

　　乌苏拉的椅子旁边有张小圆桌，桌上摆着一只印着玫瑰图纹的茶杯，杯子里热气如蜷曲的触手般袅袅升起。要不是古怪三姐妹与乌苏拉各自面临不同的难题，现在看起来就像她们无数次聚会的其中一场。通常她们聚会时都在闲聊各个王国最近发生哪些八卦，或者是分享彼此最近做过什么新勾当。再也没有什么事能比跟其他女巫交换故事更有趣了，尤其是当分享的对象是像乌苏拉这样的女巫。

　　她是拥有王室血统和强大力量的女巫。不过，重点是她很幽默。乌苏拉能在每件事情里找到诙谐幽默之处，甚至还会自我消遣。她是她们所认识的女巫中最肆无忌惮的了，或许这就是为什么瑟西也喜欢乌苏拉。

哦，瑟西。

最亲爱的妹妹。她们还有机会再次见到她吗？她们永远失去她了吗？

"要是她出了什么意外该怎么办？"鲁比哭喊道。

"鲁比，立刻停止担心瑟西，求你了！"

"没错，你冷静点。现在乌苏拉要开始讲故事了。"

乌苏拉的声音很平静，没有平时装腔作势的浮夸语调。她的声音并不响亮，几乎可说是轻声细语，古怪三姐妹从没见过她的表情如此严肃。

"我父亲是在某次出海时发现我的，当时我正抓着一片碎木板在海上漂流，他理所当然地认为，我是某艘遇难船只上幸存下来的小女婴。于是他将我从大海里捞起来，带我回到他的村庄，我就在那里住了下来。

"与我父亲相依为命。

"他称我为他的海宝贝，把我当作亲生女儿般抚养长大，而我也这么想：我是他的女儿。每天早上，我都挥着手看他出海，并向海洋众神祈祷他能够平安回到我身边，而他确实每次都平安归来。我父亲是世界上唯一真心爱我的人。他每天都感谢海洋众神将我带到他孤独的生命里，我也感谢众神把我带到父亲身边。当时我们俩都不知道在我体内有某种东西在成长，也不知道我所拥有的力量，更别说后来我会变成什么模样了。当我开始注意到自己身上逐渐产生变化时，我很害怕。要是当时的我能完全信任他对我的爱，跟他坦白一切就好了。"

古怪三姐妹专心地一边听一边等，等待愤怒与狂暴。但乌苏拉却安静下来，似乎陷入沉思之中。毫无疑问，她正在回忆关于父亲的往事。她们从未见过乌苏拉如此忧伤。

玛莎打破沉默，"你父亲背叛你了吗？做父亲的总是不懂得疼爱他们的女儿！"

乌苏拉冷冷地瞪了玛莎一眼，没有回应。

"他是不是厌恶你的水栖样貌？害怕你拥有的力量？""哦，我敢说他一定企图谋杀你！父亲老是令人失望！""我们很擅长应付可恶的父亲！""要是你不信的话，我们可以召唤老王后来证明！""只可惜我们现在不行，因为必须得用白雪手上那面魔镜才能召唤她！""但我们真的见过很多邪恶的父亲！"

意外的是，乌苏拉突然流下眼泪，只说了一句："不。"

古怪三姐妹立即明白她们说错话了，而且大错特错。她们非常后悔刚刚说出口的那些话。她们再度陷入沉默，等待乌苏拉亲自开口回答。不过她们现在已经知道，问题不在于她父亲，而是那里的村民。

"是他们，对吗？那些恶劣的村民！"鲁比咬牙切齿地说道。

普兰兹眯起眼睛，伸了伸爪子。她对大多数人类都没什么好感，人类总是疑神疑鬼。

"当我身上开始出现非人类的特征时，我吓坏了，完全不知道那是怎么一回事。当时我很担心是否自己无意间触犯海洋众神而遭受到诅咒。"

"但你就是地位最高的海洋女神之一啊！"古怪三姐妹异口同声说道。

"可我那时还不知道。当时的我只是个小女孩。我只知道大海对我的呼唤一天比一天强烈，而想离开父亲投入大海的渴望也越来越难以抗拒。村子里到处都是头脑简单的愚蠢人类，遇到任何不顺心的事都怪罪到众神身上。他们总是指责有可能触怒众神的人来出气，而每个人都有可能成为千夫所指的替罪羔羊。除了我父亲以外。我父亲以前总是尽量与那些村人保持距离、独来独往，直到我出现在他生命中。"

古怪三姐妹看见乌苏拉眼睛泛红，并且大概猜得出她父亲最后的下场，普兰兹觉得她们应该也快掉眼泪了。毕竟以这种方式知晓原来自己不属于陆地，是很残酷的事。

无可避免，但非常残酷。

"每天早上目送父亲出海后，我就走到悬崖上看着海，想知道为什么我总是觉得自己与身边其他人格格不入，想知道为什么我总是想从悬崖上往海里跳。我以为我一定是疯了，很担心自己出了什么问题，因为从悬崖上跳入海里必死无疑，而我竟然想以这种恐怖的方式来结束自己的性命，这使我感到更加恐惧。但不知为何，我内心深处却同时也感受得到，我不可能死在那片冰冷黑暗的海水里。

"所以我知道我并没有发疯，而是另有原因。那是某种很熟悉的感觉，我因为太害怕而不敢去探索的真相。我心里明白，如果我对大海屈服，大海就会将我变成不同寻常的样子将我带走。但对我来说，投入大海就表示我得离开深爱我的父亲，这无异于死亡。于是我每天都站在悬崖上，抑制自己想往下跳的冲动，并祈祷海洋众神赐予我留在岸上的定力。直到某个雾蒙蒙的清晨，我终于再也抑制不住冲动跳了下去。后来发生的事情，远远比我想象的还要惊人。"

"他们那时就发现你了吗?"已经哭花眼妆的露辛达问道。

"没错,他们在岸边等我上岸,接着把我拖到广场上打算把我烧死。那些全都是我从小就认识的村民,但是却毫不犹豫地从家里拿出所有可燃物丢到柴堆上,想要活活烧死我。"

"你是怎么逃出来的?"鲁比问。

"我父亲拿着鱼叉吓退许多人,他威胁说如果不放我走就宰了他们,可后来便寡不敌众……"

乌苏拉又静了下来,显然陷入旧日噩梦中。

"父亲尽力保护我,他们把他打得遍体鳞伤,想把我捉回到柴堆上烧死。父亲挡在我和他们中间,要我抓紧机会逃走,于是我逃走了,逃去川顿的海域里。"

露辛达开口:"川顿的海域!按理说,那里也是你的海域!你可是他的妹妹啊!"

乌苏拉叹了口气:"当时我还不知道我的真实身份。直到后来,等我回去摧毁伊普斯威奇小镇时,川顿才出现在我面前并告知我的身世。"

"但我不承认他是我的哥哥。他毫不在乎那些恶劣的人类对我父亲做了什么事！也不在乎他们对我做出什么事！他带我回到他的王国，对外摆出一副好哥哥的模样，但就连他也不让我用真实的样貌出现在他的子民面前！"

她踢开垫子从椅子上站起来，握紧拳头，愤怒地提高嗓门："我得先换上现在这张脸才能迎接我的新家庭！就连这副躯壳也是，只差下半身不是人鱼的鱼尾而已！他认为那些娇贵的人鱼族无法接受我的真实样貌，所以他命令我躲在这副人鱼的躯壳里！"

她继续说："他根本就不想承认我是他的妹妹！他理想中的妹妹是我现在这副模样！"

普兰兹这下明白了，原来是川顿夺走了她的美丽。他一直逼她躲藏在人鱼的躯壳里，不让她做自己，于是她长久以来被困在那副躯壳里厌恶自己。

这只猫心想，有川顿这样的哥哥真可怜，他实在是个很糟糕的兄长。露辛达和玛莎专心听着不敢接话，怕又说出什么不该说的话，但鲁比一如往常地跟另外两姐妹唱反调，开口说道："但你是非常强大的女巫，你可以随心所欲变身成任何你想要的模样！既然如此，选择哪种样貌又有什么关系呢？"

"有什么关系？"乌苏拉大喊道，她的身体开始膨胀，变得越来越巨大。"有什么关系？"乌苏拉罕见地在陆地上露出原形。如果周围没有海洋，露出真面目不但会很痛苦、难以呼吸，而且非常伤身体。但就只有那么一下，她暴露出自己真实的样貌，仿佛体内的愤怒已堆积到忍无可忍的程度，接着又变回人类的模样。

"你说得没错！我可以随心所欲变成任何模样！而这就是我选择的样子，我没什么好羞愧的！"

"没错！"玛莎赶紧附和道，显然对乌苏拉的愤怒感到相当敬畏。

"但这并不是他最恶劣的罪行，亲爱的姐妹们！别忘了，我刚才说过我在那个村子里住了许多年，而我那所谓的哥哥却从没有来找过我！一直等到我父亲惨遭村民杀害后，等我再度回到村子血洗那些杀人不眨眼的人类时，他才突然出现在我面前！为什么呢？你们觉得为什么他直到那时才终于肯现身？不是因为他爱我！也不是因为他本来就一直在寻找失踪已久的妹妹！不，他之所以来找我，是因为除非他能证明我已经死了或是我不够格当统治者，否则他就不能合法继承王位！多年来他对失踪的妹妹不闻不问，直到我变成他的绊脚石才来找我！我想就是他一直透过魔法企图唤醒我体内的力量，刻意让我在那些会伤害我的人类面前变身。他一定早就知道我和人类住在一起，也知道人类对于这种事情会有什么反应，我相信他早就设好了圈套。他的行为导致我父亲被一群人残杀，而且他对我的丧父之痛一点感觉也没有！你们也知道川顿有多讨厌人类。要不是我把人类变成海底生物送到川顿的海域里，他才懒得出来指责我在伊普斯威奇小镇做的事情，他觉得他的海洋王国被不洁的变种人类玷污了！

"你们真该听听看我在他的海底宫廷时听过的故事！川顿如何愤怒地击沉侵犯他海域的人类船只，那些故事可传奇了！所以说，为什么我对一个小村子的居民进行复仇，会引起他那么强烈的反感？原因除了这是他早就设好的圈套，目的是让我看起来就像心地邪恶且卑鄙的杀人魔，是个不配与他共同继承王位的疯婆子，还有更合理的解释吗？当他还在假惺惺地希望我留在他身边的那段时间，我们关系特别差，他那时就跟我说，我的人类父亲身为渔夫，谋杀过无数海洋里的生物，再加上从不畏惧海洋众神，所以惨死也是活该。"

"活该被一群恶棍活活打死？你父亲可是为了保护你才惨遭毒手的！"

"接着川顿因为害怕我的力量而开始冷落我！他说我

在伊普斯威奇的所作所为让他十分惊恐，但我想他其实是担心我可能在他的王国里做同样的事，怕我用武力夺取王位！"

乌苏拉越说越愤怒。

"他从来都没有打算接受我这个妹妹，而我当时还不知道为什么他坚持要我跟他一起回到他的海底王国。我们一天到晚都在吵架，我们之间的口角，最后变成只有他手下最大胆的臣民才敢说的宫廷逸事。你们知道他后来干脆全面禁止宫廷里提及任何有关于我的事吗？他年纪最小的女儿甚至不知道我的存在，至于大女儿也只记得当时宫廷里流传的我的负面形象。我才发现，原来他坚持带我回去，纯粹是为了证明我不配和他共享王位。"

"你们本来可以一起统治海底王国的！"露辛达说，她可以感受到乌苏拉由于痛失父亲而悲伤，再加上与兄长吵架失和，让这股悲伤更雪上加霜。

"因此，现在轮到我来翻转局面了，我要拿下他的王国，变成我的王国，要是谁敢挡路我就毁了谁！他原本可以选择当一个好哥哥，当我的家人，但现在那个时机已经过了！他将为他做过的事付出代价。我诅咒他不得好死！"

她们要的就是这个——恨意。

乌苏拉憎恨那些杀了她父亲的卑鄙人类，更加痛恨那个让她误以为是遭人唾弃的怪物，并将她拒之门外，不愿让她以真面目示人的哥哥。

古怪三姐妹像是在收集宝物般吸取这些恨意，因为对她们来说，这确实是无比珍贵的宝物。她们的力量来源就是恨意，而这股恨意的力量将帮助古怪三姐妹找回瑟西。现在万事俱备，她们只缺策划出一场让川顿不得善终的阴谋而已。乌苏拉脸上露出邪恶的笑容，那是张一看就知道她心里已有盘算的笑容。而她确实已经有个想法了……

"我们要先毁了他最宝贝的女儿。"她大笑道。

露辛达的头歪向一边，"哪一个女儿？他有好多个女儿！"

"亲爱的，当然是最年轻的那个！你们说这主意是不是妙极了？"鲁比摩拳擦掌，兴奋地抽动着身子，"小美人鱼爱丽儿公主？"

"没错，好姐妹！对我们来说，她现在简直是羊入虎口，非常容易下手。"

"现在吗？"玛莎一边问，一边环顾房间寻找普兰兹，但普兰兹似乎已经在不知不觉中离开房间了。

"对，亲爱的！简直棒极了！她爱上了一个人类。"

"人类？人类！"鲁比发出尖叫，接着玛莎和露辛达也跟着叫道。

"你觉得她亲爱的老爹会怎么想？他可是出了名的痛恨人类！从不放过每一次击沉人类船只的机会。"乌苏拉笑着说。

古怪三姐妹开始你看我、我看你地频频交换眼神。身为她们多年老友的乌苏拉一看就知道，那副表情的意思是她们已经有计划了。

"怎么样，姐妹们？你们狡猾的脑袋瓜儿想到了什么妙计？"

古怪三姐妹坐在椅子上静静地沉思了片刻，接着她们睁大双眼，光滑如白瓷的脸上露出咧嘴笑的表情，嘴角张得非常开，看起来就像白色石雕像上迸裂出的裂痕。"她会希望自己也变成人类。""将他最心爱的女儿变成他最厌恶的东西，川顿肯定会气死！""但只有这样还不够！这只是他众多的惩罚之一。""首先让他看到她变成人类，接着再让他目睹她如何被消灭！""唯有如此，他才能真真切切地体会到失去亲人有多痛苦。"

乌苏拉听完哈哈大笑，"但我们要先想办法让他交出灵魂，然后再照你们的建议去做。亲爱的姐妹们，这才是他最后的下场!"语毕,四名女巫都开怀大笑,为她们的复仇计划感到十分满意。不过,这次她们没有按照惯例,让笑声传遍各个王国。

因为这是种秘密的黑魔法,不容许任何人插手,即使有其他女巫想凑热闹出点魔力帮助她们也不行。不,这魔法太重要了,绝不能假手他人,因为她们的恨意相当纯粹。她们仇恨的正当性不容被任何一丝怀疑所玷污。

"我们将毁了爱丽儿,父亲的罪将由女儿来承担。接着,我们将杀死川顿!等任务完成时,我们将会跳舞!""没错,跳舞!我们将会在你那蛮横专制的哥哥的墓碑前起舞!"古怪三姐妹在乌苏拉身边围成圆圈跳舞,乌苏拉则再次露出她的真实样貌。

古怪三姐妹踩着她们黑色的尖头靴,绕着乌苏拉一边跳舞,一边唱着川顿的死亡舞曲。与此同时,乌苏拉发出震耳欲聋的笑声,震得屋内的茶杯与药水瓶互相碰撞发出叮咚声。女巫们就在姜饼屋里快乐地密谋着如何摧毁川顿的小女儿爱丽儿。

第 **5** 章

访客

晨星城堡耸立在悬崖峭壁之上，如海雾中的明亮灯塔般俯瞰着大海。事实上，这座城堡确实就建立在独眼巨人遗留下来的灯塔遗址附近，相传灯塔是古代巨人与树王之间的战争结束后，当时统治大地的巨人所建。

这座古老的灯塔里有一面相当壮观的透镜，而打造这面透镜的是一个叫作菲涅耳的小矮人，他的手脚十分灵巧。这面透镜就像一片巨大的水晶宝石，向外投射耀眼的光芒，引导船只安全驶离悬崖峭壁。城堡当初在建造时特意保留了灯塔的原始风貌，城堡的高塔是华丽的多边形玻璃窗，如此一来城堡里的灯光也可以作为一种指示灯。

如果想看清楚晨星城堡完整的样貌，真正感受这座城堡的美，则必须乘船从海的彼端眺望它才行。许多水手与渔夫会特别绕道而来，有些人甚至千里迢迢前来欣赏这座拥有"众神灯塔"别称的城堡。晨星家族是备受尊敬的一族，因为他们总是乐于对有需要的人伸出援手，当然，他们也是那些航行在危险海域上的船员的好友，并且经常帮助因海难被冲上岸或在长途航行中迷路的人。晨星家族是极少数没有敌人的王室家族之一，他们与周围其他王国也相处得很融洽。不过，他们最亲密的盟友还是深海底下的海底王国，晨星王国能够平安强盛，可说是因为有海神做靠山。

　　晨星国王早在很久以前就已经和住在那片海域里的深海女巫达成协议：他绝不会扰乱她的王国，相对地，她也不会打扰他的王国。乌苏拉跟她哥哥不同，川顿极度厌恶人类在他的海域里捕鱼，而乌苏拉在这方面倒是挺大方的，只要晨星王国的渔民在指定的海域范围内捕鱼就不会有事，那些不设防的海域皆属于乌苏拉管理，她哥哥在这里没有任何管辖权。这项协议对所有人都有利，而晨星王国向来坚守协议，深海女巫也没理由不遵守承诺。因此，当乌苏拉发现晨星国王的女儿晨星公主从她父亲王国的悬崖上跳海自尽时，尽管跳入的是乌苏拉的海域，乌苏拉还是没打算借此打破协议。再说，她一掉进海里就立即反悔了，毫不犹豫地答应乌苏拉提出的交易：晨星公主愿意付出她的美貌和声音来换回一命。

现在当晨星再度回忆起那段恐怖的经历时，总觉得那似乎已经是上辈子的事情了。她蜷缩在阳光明媚的窗台沙发上，一边喝着茶，一边回想当时所发生的事，现在就连回忆中乌苏拉的声音也变得好遥远："哎呀呀，亲爱的，有必要伤心难过到这地步吗？被那个糟糕的王子抛弃了，真的值得你抛弃性命吗？"

"不！我犯了天大的错误。"

"没错，小甜心，但我可以救你一命。我只要求两样东西作为回报：你的美丽以及你的声音！"

晨星十分乐意抛弃自己的美丽。美丽正是造成她痛苦的原因。除了她亲爱的保姆南妮以外，似乎没有其他人重视过她美貌以外的特质。那个堪称野兽的王子当初之所以爱上晨星，纯粹也只是因为她的美丽能够衬托他的王国。他对她的期待就只是她乖乖坐在椅子上发呆就好，最好能一直保持美丽的模样并且不要开口说话，他自己却想做什么就做什么，而她当时还真的很认真扮演那种角色。一想到自己在那几个月里完全像个傻瓜，她不禁打了个哆嗦，对于自己当初怎么会允许王子对她如此尖酸刻薄仍感到心有余悸。那就是美丽带给她的东西：心碎与羞辱。而抛弃外在的美丽以后，晨星总算能专注于自己的内在，她的生活变得比从前更富有意义。至于声音，反正她老是说错话，所以她也很开心失去声音，如此一来，就不用再继续烦恼如何与他人寒暄。老实说，完全不用与人谈话让她感到很自在。

自从回到岸上以后，她就决定不再当公主了。不再参加什么化装舞会，不再舟车劳顿去见什么王孙公子。还有就是，绝对、绝对不再跟任何男人订婚了！虽然当她父母苦苦哀求她重新考虑婚姻大事时，她差点出于内疚而让步，毕竟她也希望能嫁给某个富有的王子来振兴父亲的王国，但她实在不敢想象如果再次碰见跟之前一样残暴的男人该怎么办。不！她决不肯答应！

她已经下定决心，决定继续过这种她觉得幸福的生活。但就在那时，一个叫瑟西的美丽女子却突然出现，自顾自地跑去跟深海女巫谈判，要求深海女巫将晨星的美貌还给她。

"但我并不想要！我不想要跟以前一样美丽的模样！"晨星尖叫道。

瑟西站在她的身旁，差点后悔自己刚才说服乌苏拉先归还晨星的声音。

"可是，这些东西原本就是属于你的，亲爱的，现在只是物归原主罢了。而且比起你的美丽和声音，深海女巫更想要我拿来交换的东西。老实说，我想这笔交易你是没得选择了。我跟乌苏拉已经一言为定，直到她将你的美丽归还给你，她才能得到我手中的东西。而我跟你保证，乌苏拉为了拿到这东西，即使摧毁所有的神殿她也在所不惜，更何况她要做的，不过是归还原本属于你的东西。"

第二天早上，晨星发现自己又变得跟以前一样美丽了，这使她惊恐万分。简直就像被扭曲的童话故事一样，看似顺理成章却又本末倒置。晨星不但恢复了美丽，那个叫瑟西的女孩还设法帮她安排了一笔丰厚的嫁妆，于是各个王国的王子又陆续来到晨星城堡前向晨星求婚。要是以前的话，晨星会很开心有这么多追求者出现，但现在的她一心只想赶紧打发走这些谄媚的男人们。

晨星每天只让保姆相随，或独自一人在图书馆里看书，她对这样的日子感到很满意。她已经习惯了瑟西来访之前的生活方式，在一片寂静的图书馆里，默默读着那些描述勇往直前、有冒险精神的少女如何逃离邪恶的后母身边，或是暗黑仙女为了保护自己而对一个少女施展诅咒等故事。

晨星很喜欢保持沉默。这真的是晨星第一次把时间投注在自己身上，而不是忙着担心有没有给这位或那位王子留下好印象，晚餐时是否不小心说了什么蠢话，或是该穿哪一套粉红色礼服最能衬托脸色。她这辈子从来没有如此快乐、满足过。

南妮走进晨星房里，将她的思绪拉回现实。"你拿着什么，南妮？"晨星开口问道，她看到南妮手中的篮子上面摆着一束漂亮的粉红色玫瑰，那玫瑰的花色令她感到一股不安的熟悉感。

"我也不知道，乖女孩！不过，这显然是从那个惹人厌的王国送来的。"当然，南妮所指的就是那个曾经和晨星订过婚的恐怖王子所在的王国。她们听说他后来改邪归正，并且爱上一位名叫贝儿的好女孩。据说他们小两口彼此相亲相爱，现在仍幸福快乐地生活在一起。

一想到当初王子对待她的态度，晨星很难相信这是事实。但她同时也回想起自己在王子举办的舞会上和贝儿有过的一面之缘，她对贝儿的印象是，那女孩绝不是遭受不公平对待时会选择忍气吞声的类型。如果要问有谁能为王子的内心带来改变，那么答案肯定不是像晨星这种会选择默不作声的女人，而是会为了捍卫自己权利勇往直前的女人。

她诚心祝福王子与贝儿从此幸福快乐地在一起。她也很感激王子在结婚不久后寄给她的道歉信，他在信里恳求晨星的原谅，并承诺会补偿对她父亲王国造成的一切损失。坦白说，她不相信王子写得出这样的信，所以后来当父亲告诉她王子确实履行承诺时，她倍感吃惊。尽管王子最近一连串努力补偿的行为很令人感动，但她仍然无法从心底或脑海里忘记他对她做过的那些事，于是她决定最好还是别再跟那个粗鲁的男人有任何来往。

"你觉得那会是他送来的东西吗？"一想到自己差点嫁给那个易怒的野兽，晨星的嘴唇便开始颤抖。

"亲爱的，我想应该不是！也许是茶壶老太太派人送来的，她非常喜欢你呢。"

晨星一听到她的保姆叫别人"老太太"便忍不住笑出来。她深爱的保姆本身就已经老到不能再老了，没有任何人比她的保姆还老。南妮就像干瘪的苹果头娃娃，粉白的皮肤满是皱纹，还顶着一头银光闪闪的白发。她个子不高，但年事已高，稍微有点驼背，不过性格非常凶悍，双眼炯炯有神。

"看看里面装了什么，亲爱的！打开吧！"晨星满腹狐疑地看着那件包裹，小心翼翼地掀开盖子，生怕里面装着什么危险物品。不过她一看到里面的东西后马上露出惊喜的表情。

"普兰兹！乖女孩，我好想你！"普兰兹是身上带有黑、白、橘色皮毛的漂亮猫咪，晨星公主之前在订婚期间经常拜访王子的城堡，那时她就喜欢上住在那座城堡里的普兰兹了。有时，她在那里唯一的同伴就只有这只猫，因为王子一有机会就和他的好友加斯顿溜去酒馆喝酒，只留她一个人在城堡里感受孤独与厌倦。自从王子身上发生许多邪恶的怪事并将她赶走之后，晨星接连几个月都很难过，因为她失去了普兰兹的陪伴。不过，如同她稍早的沉思一样，那些都仿佛是发生在上辈子的往事了。

她偶尔回头看以前的自己，觉得自己过去多么愚蠢，竟然允许王子那样亏待她。但她从今以后不会再重蹈覆辙了！她一边抚摸普兰兹一边暗自下定决心。最近，她把探索这个世界视为自己的新任务，她想要真正参与对话，而不是只会支支吾吾地想着该说什么场面话，或干脆用傻笑应对。她现在是个全新的女人，并且从来没有像现在如此开心过。

"喔，南妮！是普兰兹耶！"晨星开心地叫道。

"我不喜欢那只猫，亲爱的！一点也不爱。我可不想要有任何来自那块受诅咒之地的东西出现在我们家!"普兰兹狠狠瞪了南妮一眼。但这只猫也知道南妮并非等闲之辈,她看得见一般人看不见的东西。甚至,如果有人说晨星深爱的保姆其实是一个很久以前就失去魔力与记忆的女巫,只不过体内还残留着一点点魔力,普兰兹也不会觉得意外。

"南妮,别这样!那又不是普兰兹的错。而且你也知道那座城堡的诅咒已经解除了!瑟西上次来拜访时就说过了。"

普兰兹竖起耳朵,因为这就是她来这里的目的:打听瑟西的下落。虽然她相信女巫主人们肯定有办法找到妹妹,也知道她们和乌苏拉相处得很愉快,估计这会儿正与世隔绝地搞着她们的阴谋诡计、药水和咒语。但普兰兹也想出一份力,而既然这里是瑟西离家出走前最后来过的地点,普兰兹认为从这里着手应该是不错的开始。

"我管他是不是真的娶了世界上最甜美、最像天使的女孩,无论如何,我就是无法信任他!"南妮怒吼,显然还在生野兽王子的气。

晨星不理会保姆,将注意力转向好久不见的朋友。

"普兰兹,天哪!你是怎么来的?"那只漂亮的动物睁着水汪汪的金色无辜大眼睛，默默地看着晨星。普兰兹希望晨星能天真地以为，是那座城堡里的某人将她送来的。晨星公主当然不知道，普兰兹其实是古怪三姐妹养的猫，更不知道有古怪三姐妹的存在。晨星一直以为普兰兹只是住在野兽王子城堡里的猫（但这么想的确也不算错，因为普兰兹确实应女巫主人们的要求在那里住了好一阵子）。

"我们能养她吗，南妮？你知道我是真的很喜欢普兰兹，我常常提到她！"普兰兹将脸往晨星身上磨蹭，并发出呼噜呼噜的声音。

"好吧，真拗不过你。"南妮无法拒绝晨星的苦苦哀求，只好叹了口气，"但我们应该把她拿给瑟西检查看看，以防这只猫是被派来做坏事的！"

"天哪，南妮，注意一下你说话的语气！你把瑟西说得像个女巫似的！"

"嗯哼，亲爱的，她确实是！我从没看过比她还货真价实的女巫！"

"你又在胡说八道了，南妮！我不想听你讲这种话！瑟西是我们的朋友，她更像姐妹而不像女巫！"

南妮再度叹气，"反正下次她来的时候，听听看她的意见也无伤大雅。你知道她下一次大概什么时候来吗？"

"我也不知道，她都是想来就来，不过已经有好一阵子没见到她了。她上次来这里，也只是想继续跟我说什么放开心胸、信任他人的好处，以及敞开心扉、大胆恋爱之类的话。说得好像我想嫁给那群一听到我重获美貌和财富，就跑到城堡大门吵着要娶我的某个傲慢的蠢蛋！我宁可把时间都花在阅读和探索世界上，也不愿被困在某个男人的城堡里任由他使唤！"

南妮看着晨星微微一笑，"嗯，亲爱的，我也不希望看你变成那样。但也许现在的你有办法找到真正欣赏你的内在美，而不是只喜欢你的外在美与财产的男人。"

晨星皱了皱鼻头表示不认同，但南妮继续说道：

"这次如果你真的靠自己找到了真命天子，我保证不会马上就给对方摆脸色！"南妮温柔地将一只手放在晨星脸颊上，深情看着她天蓝色的眼睛。"我敢保证，不管你有没有失去美丽，你迟早都会发现自己的潜力。别忘了，我能够看穿你的内心，而我一直都知道你有颗求知若渴的心。你的美貌不会扯你后腿，只有脆弱的心灵才会。我很高兴看到你终于了解自己是什么样的女孩了。"

普兰兹觉得南妮所言不假，她的老朋友晨星确实变了许多，不过她很喜欢。普兰兹原本就不介意晨星以前那种傻傻的个性，她一直都觉得晨星是个甜美的好女孩，也很喜欢晨星对她充满了关注。但现在眼前这个拥有自我意识的全新的晨星更有意思，普兰兹有种预感，她觉得跟上一次比起来，这次她会更喜欢陪伴在晨星和南妮身边。

第 **6** 章

可怜、不幸的灵魂

晨星王国悬崖下方的海洋深处是乌苏拉的巢穴。她的老巢是由一架骇人的巨大海怪遗骨改建而成的，这栋海怪屋散发着阴森的腐朽暗光。深海女巫很高兴一回到家就见到正随时待命的仆从，而且屋子里都是她的个人物品，乌苏拉感到相当放松。她最近花了太多时间在陆地上，需要回宁静的海底休息一下。古怪三姐妹负责在陆地上忙着进行她们的任务，而乌苏拉则回到海底负责准备迎接川顿的小女儿。她们准备已久的魔咒现在只缺一个材料——

　　爱丽儿的灵魂。

　　乌苏拉的两条爱宠在她身边游来游去，他们的主人在陆地上陪着露辛达、鲁比和玛莎的这段日子里，他们一直很想她。但他们很小心，知道现在还不能开口打扰主人，因为她正在思考该如何拐骗爱丽儿主动来找她。他们用同样热情的眼神盯着主人看，他们各自拥有一只正常的眼睛和一只黄得发亮的眼睛，这两只黄眼睛在乌苏拉黑暗的巢穴里微微发着黄光。只有乌苏拉才了解他们这种海底动物的本性，而她知道他们是心灵相通的一种动物，显然这样比较有利于在阴暗的海底共生共存。

乌苏拉派这对鬼鬼祟祟的动物游到爱丽儿附近，她自己则在大厅里透过一颗犹如水晶球般的魔法气泡球，看着她的爱宠所看到的画面。她看见爱丽儿正匆忙地游回家。这只小美人鱼刚刚才想起来她的首场音乐会已经迟到了，那可是非常重要的庆典，是为了将她首度正式介绍给王国里所有人鱼而特地举办的音乐会。

"没错，赶紧回家吧，小公主。我们可不想错过你亲爱的父亲为你举办的庆典，对吧？庆典咧！我呸！以前我还住在宫廷时，我们举办过的庆典可比这华丽多了。但看看现在的我……被驱逐流放到这里！而他和他那群脆弱的渔民却依旧举办庆典！很好，再过不久我就会给他们制造一些真正值得庆祝的大事。

"胡善！贾善！你们给我好好盯紧川顿漂亮的小女儿，或许她就是摧毁川顿的关键……"乌苏拉非常痛恨川顿将她贬降到离他王国非常遥远的这片深渊地带，只能不断做些微不足道的交易来换取一点点力量。依照之前那种一次只能拐骗一个灵魂的速度，想累积到足以消灭川顿的力量，即使耗上一辈子的时间也不够用。要不是古怪三姐妹和她们亲爱的妹妹瑟西取回了乌苏拉很久以前被川顿夺走的贝壳项链，她永远也无法重新唤醒自己被封印的力量。不过也算是因祸得福吧，目前的情势对她比较有利，因为川顿现在仍以为她还在深渊中孤身一人，缺乏魔力且只能施展微弱的魔法。请注意，这并不是说被夺走项链的乌苏拉施展的魔法无害，而是说那些魔法远远比不上原来的威力。

直到现在。

乌苏拉看了一眼她花园里的枯萎灵魂，那些生杀大权掌握在她手里的灵魂都被她变成可怜、不幸的生物，她露出满意的笑容。谁叫他们轻易地拿灵魂来进行交易的，并没有人强迫他们将灵魂交到她手中，无法履行契约的永远是他们！

现在，既然她恢复了原本的力量，就再也不用去管川顿手底下那些傻乎乎的渔民怎么过活了。她再也不需要想方设法引诱他们进入不设防的海域，进而说服他们用自己的灵魂作为交换，用魔法来帮助他们实现愿望。乌苏拉已经恢复力量了，而且她还有古怪三姐妹这强大的盟友。即使她还得再进行一次灵魂交易，这次也将是欢天喜地的最后一次。没错，她只要再扮演一次愿望交易者的角色就够了。从此以后，她再也不用把自己搞得像招揽顾客的街头叫卖艺人，自吹自擂与她交易有多划算，用歌唱表达她只是想帮助有困难的人，好引诱下一个受害者上钩。说真的，这套表演让乌苏拉感到恶心，她只是为了将那些可悲的灵魂放到花园里，才不得不沉入到如此深的深渊。但那些苦日子终于快结束了。只要再表演一场就好。为了实现目标，她只需要再得到最后一个灵魂就好。

爱丽儿的灵魂。

不知道她是什么样的女孩。乌苏拉刚刚只在气泡球上匆匆一瞥爱丽儿模糊的身影，并没有看清楚。但从她刚刚的表现来看，她肯定继承了父亲顽固的个性。若真是如此，那就表示她到时可能会努力讨价还价。除此之外，那女孩也很漂亮，乌苏拉也无法想象川顿有哪个女儿不漂亮，所以也难怪他无法容忍有个未达到他审美标准的妹妹。接着，乌苏拉突然想起她——雅典娜，爱丽儿已故的母亲。雅典娜非常美，即使在众多美人鱼中也是罕见的美人。乌苏拉不禁好奇，除了外表以外，爱丽儿的内心是否也跟她母亲一样美。

一想起雅典娜，乌苏拉便感到一阵心疼。她想道：爱丽儿不只是川顿的女儿，同时也是雅典娜的女儿。她狠得下心对雅典娜的女儿出手吗？雅典娜总是站在乌苏拉这边，为了捍卫她而一天到晚跟川顿起争执，劝他要与妹妹共同携手统治海底王国，提醒他别忘了那是父母的遗愿。这些回忆仿佛像是被浑浊的水或浓雾所遮蔽，难以触及、无法还原，因为现在乌苏拉已经不在乎哥哥是怎么看待她的了。雅典娜从来没让她感觉过自我厌恶或羞愧，也从不希望她隐藏自己真正的样貌。要不是因为雅典娜，乌苏拉早在被驱逐以前，就主动离开宫廷躲到不设防的海域了。当她下定决心要以真面目出席王室宴会的时候，也是雅典娜在宴会上第一个出面斥责川顿恶劣的态度的。雅典娜是唯一称赞过她美丽的人，而且乌苏拉知道她说的话是真心实意的，毫无半点虚假。

但她不能继续沉浸在雅典娜的回忆里。她不能被往事束缚住。她需要爱丽儿的灵魂。乌苏拉心想：如果那女孩像她出色的母亲一样，那么她就会为了自己的信念而奋斗，哪怕要她跟自己父亲作对也在所不惜。若真是如此，问题就只剩下一个：爱丽儿是那种会拿自己的灵魂去为真爱下赌注的女孩吗？

"那么，就让我们拭目以待吧！"

第7章

女巫的巢穴

才过没几天，比预期的还快，乌苏拉就听到海怪屋的门外，也就是海怪遗骨血盆大口的牙齿前方传来动静。她往外一看，发现原来是爱丽儿紧紧跟随胡善与贾善来到了成排的獠牙入口处。

她看着那个漂亮的红发姑娘在暗黑深渊中对着海怪屋睁大双眼并颤抖着，摆出和奥菲莉亚①如出一辙的姿势在海中漂浮，这令乌苏拉不由自主地发出一声冷笑。实在太像了，乌苏拉再度发笑。她不得不承认川顿的小女儿外表很可爱，有兔子般的无辜的脸蛋和大大的蓝眼睛。爱丽儿长得和她母亲几乎一模一样，毕竟雅典娜是川顿王国里唯一对她表示过友好与敬意的人，一想到自己即将对这女孩

---

① 奥菲莉亚是《哈姆雷特》中最后因为抓狂而失足溺毙的女主角，其形象来自米莱于19世纪创作的画作。在动画片中，爱丽儿来到乌苏拉门外时所摆的姿势的确跟米莱画的奥菲莉亚一模一样，意味着自寻死路。

下手，乌苏拉差点陷入感伤。

"往这边。"胡善与贾善嘶声说道，爱丽儿打了个哆嗦。

爱丽儿才进入门口没多久，就被花园走廊上的迷失灵魂给缠住。如果她还有一点理智的话，这时就该知道那是该赶紧逃跑的信号了。但幸运站在乌苏拉这边，叛逆的少女最容易成为深海女巫的目标。这一切都是川顿自找的，他一手摧毁爱丽儿珍藏的人类物品并痛骂她爱上人类，是川顿亲手将爱丽儿推向这里的，就算说他是自取灭亡也不为过。没关系，乌苏拉姑姑这就来安慰可怜的女孩。乌苏拉不但要给爱丽儿一个拥抱，还会给她一次引诱英俊王子的机会，让她远离蛮横的父亲……然后再抢走她父亲的王位，夺回自己应有的统治权，成为新的海底女王。

"进来吧，进来吧，乖女孩。别一直在别人家门外徘徊，这样可不礼貌！搞不好还会让人家怀疑你没教养！"

乌苏拉笑着把爱丽儿迎进屋内，接着她游向梳妆台补妆，先营造出引人注目的戏剧效果再开始说话。

"你会来到这里，是因为你喜欢上一个人类，也就是那个王子，没错吧？放心，我不会责怪你的，因为他确实很帅气迷人，不是吗？"乌苏拉滔滔不绝，让爱丽儿没有插嘴的余地，只能目不转睛看着深海女巫的一举一动。

"好啦，小天使，你的问题其实很好解决。"

乌苏拉学着古怪三姐妹的样子，嘴唇涂上一层鲜艳的口红，然后迅速地抿嘴再噘嘴，让口红分布得更均匀，接着才把话说完。

"唯一能实现你愿望的方法，就是你自己也变成人类。"

"你拥有这种力量吗?"爱丽儿惊讶地问。

"亲爱的孩子，我就是做这一行的! 我甚至是为此而活的。为了帮助像你这样不幸的人鱼，求助无门的可怜灵魂……"

乌苏拉其实很讨厌演戏，因为那不是她自己。但她发现用令人着迷的表演来吸引受害者上当是最快最好的方式。再说，她确实很喜欢挖苦别人!

"我承认我的确是别人口中的邪恶女巫! 但你一定会发现，我早已改邪归正、悔过自新、弃暗投明并洗心革面!"

"真的吗?"

"那当然! 而我恰好懂一点点魔法，这是我与生俱来的一项才华。说了还请你别见笑，我的魔法只用来帮助别人，帮助那些悲惨、孤独而消沉的人。"

乌苏拉都快听不下去自己说的话了，于是她悄悄地对胡善与贾善补一句发自内心的话:"一群可怜虫!"

"可怜、不幸的灵魂！深陷痛苦，需要帮助！这个人渴望变苗条，那个人想得到女孩……我帮得上任何忙吗？当然，没问题！

"那些可怜又不幸的人哪！如此悲伤，痛彻心扉！他们成群结队来到我的大釜前，哀求着说：'请施展魔法，乌苏拉！'因此我就帮助他们！是的，没有错！

"确实是有过那么一两次，有些人不肯付任何代价，于是我逼不得已只好稍微处罚他们一下。因此也有人背地里说我坏话，但对那些可怜、不幸的灵魂来说，我仍算是个圣人！

"现在，来谈正经事吧。我会帮你调配一剂药水，这药水可以让你变成人类三天。听清楚了吗？三天！接着，仔细听好，接下来要说的事情非常重要！在第三天日落以前，你一定要让王子爱上你。意思就是说，他必须吻你。敷衍的亲吻可不算数，必须是真爱之吻！如果他在第三天日落前用真爱之吻吻了你，你就能永远变成人类，但如果没有，你就会变回人鱼，并且……你将属于我！"

爱丽儿吓呆了。

"成交吗？"乌苏拉问。

"可是如果我变成人类，我就再也见不到我父亲和姐姐们了。"

"没错，但反过来说，只有变成人类你才能和你爱的人在一起。生活处处是两难的选择，不是吗？哦，对了，我们还没讨论该如何付款。你也知道，海底下可没有不劳而获的道理！"

"但我没有任何……"爱丽儿说道。

她还没说完整句话，乌苏拉就打断她，"我并不要求什么，只是契约在形式上还是得收点东西而已，一点微不足道的小东西！你甚至不会怀念它。我要的是……你的声音。"

"我的声音？"

"没有错，小甜心！不再说话，不再唱歌……安静无声。"

"但没有声音的话，我要怎么……"

"你还拥有你的美貌！你漂亮的脸蛋！而且别低估了最重要的肢体语言！陆地上的男人不爱喋喋不休的女孩，他们觉得会说长道短的女孩最惹人厌。没错，陆地上的人都偏爱闷不吭声的女人。说到底，叽叽喳喳有什么用？算了吧！他们对聊天完全不感兴趣。真正的绅士会避免闲话家常。他们只对内向的女士情有独钟。唯有管得住嘴巴的女人才能得到心仪男子的青睐！

"快一点，你这可怜、不幸的灵魂！勇往直前！下定决心！我可是非常忙碌的人，没有那么多时间等你！代价一点也不高，不过就是你的……声音罢了！你这可怜、不幸的灵魂，讲句不中听的话：如果你想前往下一站，你就必须得付过路费。深呼吸再吐一口气，一鼓作气在这张卷轴上签名！"

爱丽儿紧紧闭上眼睛，尽管畏惧乌苏拉的魔力，但还是狠下心来在卷轴上签下名。她一签完就知道自己做错了决定。

而且大错特错。

我到底在干吗？

签好名字的卷轴自动卷起来并迅速飞到乌苏拉手里消失不见。爱丽儿不知道自己能不能让王子爱上她，就算王子爱上了她，父亲会原谅她吗？那个她几乎一无所知的男孩真的值得她放弃家人、故乡，以及……她的声音吗？当乌苏拉开始用吓人的声音念起使契约生效的咒语时，爱丽儿觉得自己恍若漂浮在满是怪物的噩梦中：

黑海鳗，闪光鲟，吹起里海的风！

咽喉炎，舌头炎，有口不能言，声音归我管！

爱丽儿很想大叫说："不！停下来！我改变主意了！"但她还能够去哪里？难不成乖乖回到摧毁她所有珍藏品的父亲身边？那个禁止她再去见艾力克王子的父亲？不，乌苏拉说得没错。她别无选择了。

深海女巫在大釜里放进一堆诡异配方，接着大釜像海底火山爆炸般喷出一股蓝色光芒，蓝光在她们周围快速旋转形成一道汹涌的水墙。爱丽儿的心脏怦怦直跳，一阵阵雷声在她耳边震鸣，她为自己背叛家人而感到悲痛，最糟的是，她觉得她出卖了自己。爱丽儿知道父亲肯定不会原谅她正在做的事情，她很清楚从今以后再也得不到父亲的爱了。

乌苏拉哈哈大笑。

"他会恨透你，就如同他恨我一样！他痛恨所有跟他不一样的东西，小天使。"周围旋转的光变成一双巨手，贪婪地伸向爱丽儿想取走她声音。

"现在开始唱歌！"乌苏拉命令道。

爱丽儿哼起歌，那双阴森的巨手抓住她喉咙，开始拿走最具她个人特色的东西：她的声音。那种感觉相当恐怖。爱丽儿没想到失去声音的过程会这么痛苦。就好像声音是她体内的一个器官，而乌苏拉正将那器官从她喉咙上——灵魂上——硬生生拔下来，痛苦至极。爱丽儿尝试停止抵抗，心甘情愿让声音快点被取走，然而她办不到。她全身上下都在抗拒外来的侵犯。接着声音出现了。

她美妙动人的声音化为一道光，不情不愿地从喉咙里被抽出来了。

"继续唱！"乌苏拉叫道，接着从大釜里照射出金色的光芒将爱丽儿包围住，乌苏拉开始哈哈大笑，笑声传遍各个王国。与此同时，金色光芒将爱丽儿的人鱼尾巴撕裂开来，将这条人鱼变成她父亲最痛恨的生物：人类。无法在海里呼吸的人类。

乌苏拉并不在乎这女孩在水底下根本无法呼吸。她得自己想办法浮出水面。要不就淹死在这里。

第 **8** 章

南妮的秘密

普兰兹来到晨星城堡已经好几个礼拜了，她抵达当天所听到的一切都是真的。现在她正和晨星一起站在城堡最高的塔上，望着下方被南妮戏称为"求婚绅士团"的追求者。这群人少说也有四五十位，他们聚集在大门前盼望能一睹晨星公主的风采。门口守卫多次上前制止因争风吃醋而大打出手的年轻人，并提醒他们公主不喜欢像是在酒馆里酒后闹事的野蛮人。

　　但这些警告没什么用。那些男人一直在争夺晨星的注意力，当然其中也有些人采取比较特别的方法。举例来说，有位与众不同的男士，他穿着蓝色天鹅绒长外衣，翻领镶着金边，袖口和领结上绣有白色花边。他弹起一把装饰着漂亮丝带的鲁特琴，开始歌颂晨星的美丽。

　　"她的皮肤吹弹可破，蓝眼睛晴空万里，她的秀发如阳光……"

晨星听不下去了，砰的一声关上窗户。

"这太夸张了，南妮！我说真的！你不觉得这些人越来越荒谬了吗？"没完没了的求婚者让她感到心烦意乱。

"亲爱的，确实是！他们究竟是着了什么魔才会变成这样？"南妮漫不经心地回答，接着赶紧纠正自己说的话，"别误会，亲爱的，我可不是说你的美貌不足以吸引别人做出那些奇怪的举动！"

晨星叹了口气，"我也想知道他们到底是着了什么魔？这样就跟中邪没有什么两样！像是有什么东西在背后控制着他们，夺走了这些人的理智！我也很想同情那群追求者，但他们实在是令人……忍无可忍！"

"我同意，乖女孩！我想我们最好联络一下瑟西！"

"联络她？怎么联络？"

"我自有办法，亲爱的！这件事就交给老南妮我和普兰兹小姐来处理。"

普兰兹疑惑地看向南妮，好奇地喵了一声，不知道这位老太太在打什么主意。

"普兰兹？你要她做什么？南妮，你最近变得一天比一天奇怪了！"晨星问道，但南妮只是亲了一下晨星的脸颊，接着就抱起普兰兹，准备带着她去执行神秘任务。

"我们走吧，小猫咪。我需要你陪我一下。"

南妮平常绝不会到楼下厨房里找东西，因此当南妮建议主厨去外面午后散步时，对方的表情明显很不开心。

"你最近看起来有点憔悴，亲爱的。你真该多晒晒太阳，出去走走对你有益无害，或许你应该去外面散散心。"

主厨不想跟南妮起争执，于是只好暂时放手不管放在大理石桌上等着装饰的一排小蛋糕，嘀嘀咕咕抱怨着，不情不愿地离开厨房。

南妮为普兰兹准备一碟鲜奶油，同时开始准备一些其它材料。普兰兹一看就知道她打算做什么了：南妮打算施展探知术。普兰兹多年来陪在女巫们身边，已经看她们施展过无数次相同的魔法。她听见南妮在食品储藏间里一边寻找药草，一边自言自语。

"每个人都觉得南妮是个傻老太婆，但就算是傻老太婆也懂得一招半式。"普兰兹看着南妮将一个蛋打进木碗里。蛋浮在水面上像只诡异的眼睛，虽然诡异，但终究还是眼睛。一种观看世界的方式。古怪三姐妹尝试用这一招寻找瑟西很多遍了，但南妮的魔法也许能看到古怪三姐妹看不到的地方。普兰兹觉得很得意，因为她之前猜的果然没错，南妮确实是一个女巫。

"没错，乖宝贝！"南妮对优哉舔着奶油的普兰兹说，"而且我还知道你是从哪里来的！但现在先别管这些，她们不会跟我这种人来往。至少，自从黑魔女的事件后我们就再没联络过了。"普兰兹霎时间怀疑南妮是否会读心术，但她马上甩开这念头，认定南妮只是像平常一样在自言自语罢了。"该来找她们的妹妹瑟西了。我们得查清楚这些男人究竟是怎么回事！显然他们都被施了法，不过那股魔力和你的女巫主人们无关。那是别人的魔法，而且我很不喜欢！"

当南妮提到她的主人时，普兰兹仍表现出从容且不为所动。这只猫才不会被其他女巫吓到，尤其是几乎失去所有魔力的慈祥老女巫。希望南妮还记得召唤瑟西的正确咒语是什么。当然，普兰兹知道正确的咒语，但她无法传达给南妮，或者应该说，她也没打算告诉南妮。除非南妮还有余力使用读心术，那就另当别论了。因为普兰兹的魔法和其他女巫的不同，她每使用一次魔法就得花上许久才能恢复力量，有时甚至要休息好几年才能再次施法。所以她得非常小心谨慎，不能贸然使用读心术。

南妮露出古灵精怪的表情看着普兰兹，让普兰兹不禁猜想：南妮该不会……"没错，小猫咪，我听得见你的内心话！老南妮可不像大家想的那么傻！乖女孩，告诉我咒语是什么吧！你只要在脑子里想就好，不用消耗任何魔力。"普兰兹不禁好奇，南妮究竟是一直以来都很巧妙地隐藏力量，还是说她的魔力是最近才突然开始恢复的？

"自从你来到这里以后，我的魔力才开始像一阵阵旋风回到我身上！我想我应该要跟你道声谢谢，亲爱的。"

不客气，普兰兹心想。由于普兰兹在很久以前就已经学会如何向女巫隐藏心中真实的想法，因此从现在开始，她的内心话藏得非常深。她暗想，这可真是怪异的情况，需要更加小心谨慎地调查才行。南妮的魔力显然还在持续增强中，而且不知道什么原因，使她恢复魔力的关键在于普兰兹，不过更重要的是，南妮竟然知道古怪三姐妹与她们有些畏惧的黑魔女有过节。不，她现在不该想这些事情，当务之急是专心寻找瑟西，原因不只是为了让她的女巫主人们开心，普兰兹也想知道瑟西是否与晨星城堡外那群求婚者身上的咒术有关。因为那确实很像瑟西的魔法，试图帮晨星找到匹配的对象，这也很像她会做的事。但现在的场面越来越不可控了，瑟西不可能放任失控的魔法不管，这才是普兰兹真正担心的事。如果施法者真的是瑟西，那么她一定很清楚若放任不管会产生什么样的后果，并且会立即回来纠正问题。除非……

"对，乖宝贝！你跟我想的一样，我也担心瑟西是不是陷入了什么麻烦。"南妮刚说完，就有两名吵闹的城堡守卫闯进厨房打断老太太和猫咪的对话。那场面看起来真的很滑稽，两名男子站在门口目瞪口呆地看着南妮和普兰兹，显然他们没预料到会看见一位老太太一边跟猫咪聊天，一边在进行某种巫术仪式的场景。了不起的是，其中一个守卫立即回过神来对她们大喊。

"立……立刻回到塔上！"他有点结巴地喝令道。

"听好了，年轻人，我不需要你或任何人来告诉我该不该回到塔上，或是该往哪去！"

"抱歉，女士，但这是王后的命令！城堡现在已经被包围了！"

第 **9** 章

黑魔女的警告

黑魔女玛琳菲森的乌鸦站在姜饼屋外的苹果树上，他透过窗户看着在厨房里窃窃私语的古怪三姐妹。从她们脸上的表情，乌鸦看得出古怪三姐妹并不喜欢主人交代的警告。

　　"你们觉得她知情吗？"鲁比压低声音问道。

　　"废话，她当然略知一二！不然她干吗对我们发出警告？而且从什么时候起轮到她警告我们了？她就只懂得如何干涉孩子的生活！"露辛达相当火大。

　　玛莎倒抽一口冷气，"我们说好了绝口不提那孩子的事情，露辛达，绝不！我们说好的！"

　　"我知道，不过我也绝不会让玛琳菲森干扰我们的目标！我们一定得赶紧找到瑟西！"鲁比不断撕扯自己的衣服，这是她焦虑时会出现的老习惯。一片片红色的碎布散落在黑白格子相间的厨房地板上，犹如一片片血迹。

"也许我们应该找玛琳菲森帮忙，换人试试看。如果我们同意停止和乌苏拉合作，那么玛琳菲森就不得不帮我们找瑟西了！"

"不！我们不能跟乌苏拉毁约，那样做的代价太高了。就算玛琳菲森肯出手帮忙，也抵不上背叛乌苏拉的代价！拜托你不要再撕衣服了，鲁比！你现在看起来真是一团糟。"露辛达说道。

"但玛琳菲森也是我们的盟友啊！"鲁比一边说，一边看着她身上已经变成破布的衣服，那套红色礼服原本很漂亮的。她念念有词地在厨房里来回踱步，"怎么办？怎么办？"

露辛达很生这个"老朋友"的气，于是她走到屋外的悬崖边对乌鸦传话。她努力把话说清楚，尽量说得有条有理，以确保那只乌鸦能听懂她在说什么，并且回到玛琳菲森身边时不会传错话。

"回去告诉你的主人，管好你们这群讨人厌又爱叫的乌鸦，别再靠近我们家了！这里不欢迎她的间谍！听懂了吗？"

乌鸦听完对露辛达发出严厉的嘎叫声，但露辛达知道这只乌鸦其实只是拿着鸡毛当令箭。

"我们的事情，我们会自己处理。如果玛琳菲森想要继续从我们这里得到协助，她就更应该停止传送恐吓信息过来，就算她认为她是在好心提醒我们也一样！虽然我们很珍惜和她的友谊，但我们绝不答应她的要求！"

乌鸦发出一声狂叫，接着便离开古怪三姐妹的家飞进迷雾里，完成他的传信任务。

"你不觉得你把话说得太重了吗，露辛达?"鲁比问道。

"反正我不怕玛琳菲森！她的力量又没有比我们强！更不可能比瑟西强。"露辛达答道。

"这可难说！我们已经很保密了，她却知道我们在做什么。"鲁比不是很信服。

"那只不过是因为我们没注意到外面那群乌鸦里有她派来的眼线！"露辛达翻了个白眼。

"但如果玛琳菲森是对的，那该怎么办？也许我们真的不应该太信任乌苏拉？可是乌苏拉是我们的老朋友，她没有理由背叛我们！但玛琳菲森也是我们的老交情啊！这一切都太令人困惑了！"鲁比紧接着说。

露辛达答道："倒也不见得，好姐妹。玛琳菲森从来都没有喜欢过乌苏拉。我说过了：水火不能兼容。"

第 **10** 章

城门前的追求者

晨星公主的"求婚绅士团"包围着城堡，所有人都吓得躲进最高的塔楼里。由于晨星国王正好外出处理外交事务，因此留在城堡里的女士只能依靠少数的守卫来保护。刚刚那名穿着蓝色天鹅绒外衣的年轻男子，是来自远在两个王国外的波佩杰王子，他正在对其他男子发号施令，这些人不知道从哪里弄来了攻城槌，正试图撞破城门。

"各位，撞破大门吧！迎接我的新娘！用武力占领这座城堡吧！"

"天哪！你们听到了吗？他们打算硬闯进来！快，你去把那边那个柜子推到门口！"王后一反常态地激动，她平时不是情绪这么容易激动的人，但现在她却用颤抖的手指向巨大的木柜，命令守卫挪动位置。晨星公主走到母亲身旁。

"没事的，母亲！没有人能够闯进这里！请坐下来让自己冷静点。"

"晨星公主！晨星公主！"城门外的男人们高喊，"晨星公主！晨星公主！晨星公主！晨星公主！晨星公主！晨星公主！晨星公主！晨星公主！晨星公主！晨星公主！"他们一遍又一遍地喊道。

"你听到了吗？他们到底是怎么回事？他们就要来伤害我的宝贝女儿了！"王后紧紧抓着手帕，惊恐地睁大双眼，"乖宝贝，离窗户远点，快来母后这边。"

晨星没有理会她的母亲，而是走到保姆身旁，悄悄询问南妮："场面太失控了！你联络到瑟西了吗？"

"还没有，亲爱的，我们正准备要联络她的时候就被守卫带上来了。"

晨星开始害怕了。自从野兽王子的事件后，这还是她第一次真切地感到恐惧。

"南妮，拜托你想点办法！"她喊道。

"过来吧，普兰兹，看来我们别无选择，只能在这里做了。"南妮走到一张桌子前，从桌上拿起三根蜡烛并摆到地板上，接着她拿出一根粉笔在三根蜡烛形成的三角阵中间画下召唤术的符号。

"你们在干吗？你们打算做什么？"王后哭喊，"那是邪术吗？停下来！我命令你住手！"但南妮继续准备召唤阵，连看都没看王后一眼，随意朝着王后的方向挥了挥手说声，"冷静点。"接着王后就昏睡过去了。

"南妮！你对母后做了什么？"晨星惊呼道。

"你也安静点，乖女孩，别打扰我工作！"南妮和普兰兹站在魔法阵前方开始召唤瑟西。

"我们恳求风与火和海，将名为瑟西的女巫召唤至我们面前！"

烛光三角阵中逐渐冒出苍白的烟雾，微弱且稀薄的半透明烟雾慢慢形成瑟西的模样。瑟西的表情充满惊恐，并且因为哭泣而显得疲惫。

"瑟西，乖女孩，发生什么事了？你在哪里？"南妮问道，但在瑟西幽灵般的影像开口说话以前，一股暗灰色的旋涡状迷雾钻进三角阵中，打散了一脸惊慌的瑟西影像。那股迷雾开始在房间里旋转，接着聚集起来变成了一个女巫，普兰兹非常熟悉那身影。

是乌苏拉！

普兰兹赶紧跳到壁炉架上，躲进国王巨大的半身雕像后面，不想被乌苏拉和古怪三姐妹发现。

"看来你就是我已久仰大名的那名女巫啰？我真意外

你竟然还有能力召唤我。"乌苏拉看着南妮笑着说道。

"我想召唤的人是古怪三姐妹的妹妹。"

"我当然知道你原本想召唤的人是谁。但我是比她更伟大的深海女巫，而且你祈求的对象确实是'风与火和海'，老傻瓜！你要知道我是谁。我就是海！"

南妮一脸狐疑地看着乌苏拉，乌苏拉则自顾自地说道："我亲自回应了你的召唤，你应该感到荣幸才对！但你看到我却反而露出一脸失望的表情！如果你不需要我的协助，我很乐意离开，你可以再另想办法对付城门前的暴徒。"

"我们当然需要您的帮助！"晨星立刻抢话，南妮从没见过晨星这么着急的模样。

"喔，小甜心，看来你又给自己惹麻烦了。我们到底该拿你怎么办呢?"尽管乌苏拉现在有着人类的外表，但她的手势和说话方式令晨星毫不费力就认出，眼前的女巫确实是她在惊涛骇浪的海底曾经见过的乌苏拉。

南妮在晨星继续说下去之前先开口，"乌苏拉，这一次我们不会跟你进行任何交易！你的触手离我的宝贝晨星远一点！"

乌苏拉哈哈大笑。

"冷静点，老太婆！她身上已经没有我想要或需要的东西了！我纯粹是出于善意才来这里的！毕竟，这些男人现在是在我的海岸上闹事，而偏偏你们的国王又不在，无法保护他自己的家园！如果我帮他解决这件事，那么这笔账自然会算在他头上，等国王回来以后我再跟他讨酬劳。"

"好了，现在该怎么处理波佩杰王子和他的手下呢？"乌苏拉走到窗边，朝着岸边的大海高举双手，将波涛汹涌的海浪变成一道巨浪，用力冲撞城堡大门。

"嗯，我想这样应该非常有效。"她一边欣赏巨浪把那些男人撞得东倒西歪，一边笑着说道。

"乌苏拉，停手！再这样下去他们会死的！"晨星尖叫道。

"难不成你在乎这些蠢男人吗？"乌苏拉问，接着发出震耳欲聋的笑声。

"一点也不在乎！但我不想看到有人死去！"晨星说。

"亲爱的，那么闭上眼睛不就成了！"乌苏拉再次哈哈大笑，而且笑声在整片大陆上回荡，一如往常。她要让所有生灵，不论是平凡人或女巫，都清楚明白这股笑声的力量来自何方。乌苏拉的笑声十分刺耳，栖息在附近森林里的一群乌鸦吓得飞起来，集体发出尖叫声飞往远方的迷雾中。

"一群该死的鸟！"她一边怒斥，一边摆弄巨浪，将门口那些男人更用力地往城墙上砸。他们伤痕累累，发出痛苦的哀号，哀求深海女巫停止对他们的折磨。

普兰兹从藏身处偷偷往外看。普兰兹很幸运，因为国王的头大得出奇（还好公主没有遗传到这点），所以从乌苏拉的角度来看，完全看不见有只猫躲在国王的半身雕像后偷偷注视着她。普兰兹并不在乎外面那些男人的下场，她在意的是乌苏拉在算计些什么。

"好！这样应该就够了！"乌苏拉说道，她让巨浪退回海里，受重伤的男人七零八落地倒在城门前。

"哦，对了，还有一件事。我想请问一下，你为什么在找瑟西？"

"我想这件事与你无关，乌苏拉。"南妮答道，依旧用怀疑的眼神看着乌苏拉。

"喔，是这样吗？我忘了你叫什么名字来着？老阿妮，对吧？偏偏就这么刚好与我有关，因为我正在帮瑟西的姐姐们寻找她的下落，老阿妮。"

"如果你没出现的话，我们可能已经找到她了。我想……"

"不，南妮，什么都别说!"南妮看了一下房间，试着寻找用传心术给她传话的普兰兹。

"你想怎样?"乌苏拉眯起眼睛问道。

"什么都别告诉她，说些好听的话让她快点离开。她不可信。"

"我想我们非常幸运，没想到会是你回应我们的召唤。谢谢你。"南妮接受了普兰兹的建议。

"真的很谢谢你，乌苏拉。我们又欠了你一次人情。"晨星附和道。

"对，亲爱的，你们又欠了我一次人情。唔，至少是你父亲欠了我人情。我保证那些男人不会再来打扰你了，另外，别再让你们家的老阿妮惹麻烦了。我们可不能让脑袋糊涂的老女巫在海边到处施展只记得一半的咒语。这对所有住在海边的人来说非常危险。还有，寻找瑟西的事请放心交给我和她的姐姐们来处理就好。但如果我们需要老巫婆或老糊涂的帮忙，肯定会通知你一声。"

说完，不请自来的乌苏拉也没说声再见就消失了，只留下满腹狐疑的南妮和普兰兹。她们好奇深海女巫到底在盘算些什么，以及她怎么知道南妮原本想召唤的对象是瑟西。无论如何，显然如果她们想再次联络上瑟西，必须更加小心谨慎才行。

"晨星，请你送你母亲回她的房间去。"普兰兹看着南妮如何指挥场面。

晨星开始表示抗议，她想知道南妮到底对母亲做了什么，以及刚刚发生的一切究竟是怎么回事。但南妮没空解释，现在还不是时候。"晨星，请你先按照我的话去做，你信不信任你的老保姆呢？"晨星点点头，她知道南妮如此严肃肯定是有原因的，"那么就带你母亲回到她的房间，陪着她直到她醒来为止。"

于是晨星只好带着昏昏沉沉的母亲离去，接着南妮摇铃传唤晨星城堡的总管家哈德森。

"您找我吗，南妮？"哈德森进到房间以后问道。

"是的，哈德森。晨星现在在她母亲的房间里，麻烦你给她送上下午茶。另外，请你叫楼上楼下所有女仆都去搜集蜡烛，越多越好，都送到我这里来。"

哈德森知道自己不该过问南妮打算做什么，但他的表情明显充满了疑惑，"需要叫男仆也一起搜集蜡烛吗？"

南妮倒是没想到男仆，"好，我需要尽快让这房间充满亮光，所以请你……"

"是的，女士。我现在就去处理。"哈德森并没有打断前辈说话的习惯，不过他能分辨事情的轻重缓急，所以他知道这件任务很重要——重要到足以惊动南妮。于是他赶紧去完成任务。

普兰兹从壁炉架上跳下来，斜眼看着南妮。"你现在最好别用那种眼神看我，小猫咪！你很清楚我接下来要做什么！"

南妮就像乐团的总指挥般精心调度场面，没多久，房间里的家具便一扫而空，到处都是点燃的蜡烛。房间里灯火通明，南妮和普兰兹坐在正中央。她们周围环绕着一圈圈蜡烛，当蜡烛在事先布置好的许多面镜子前互相反射时，房间里的蜡烛看起来仿佛无限般延伸。

普兰兹已经听露辛达说过很多次，水与火不能兼容，因此即便不使用读心术，她也知道南妮打算做什么。南妮打算筑一道火墙，以防乌苏拉再次闯入她们的魔法阵。

她们即将再次召唤瑟西，而且这一次乌苏拉无法打断她们。

第 **11** 章

古怪三姐妹的悲叹

古怪三姐妹花了太多时间在苦恼黑魔女送来的信息上，一不留神就让爱丽儿公主在海边巧遇艾力克王子并顺利进入他的城堡。虽然爱丽儿进入了对方的家，但幸好还没进入对方的心。至少现在还没。

　　"我们必须把注意力都放到爱丽儿身上才行。胡善与贾善在哪里？"露辛达说道。

　　"喔！我去拿一面魔镜来找他们！"玛莎喊道。她匆忙地跑去找魔镜，留下另外两姐妹继续监视爱丽儿与王子。

　　鲁比全身颤抖，她无法不去想黑魔女的警告，"为什么她要在我们寻找瑟西的时候传那种信息给我们？你说她会不会从中作梗？"

　　鲁比没完没了地对玛琳菲森的警告感到苦恼，但这么做只会让露辛达对她的老朋友黑魔女感到更加生气。

　　"我不想再听到她的名字了，鲁比！"为了转移鲁比的注意力，露辛达继续说，"你看，玛莎拿魔镜来了！"

"我找到了！我找到了！"

玛莎努力地将一面魔镜拖进客厅里，另外两个女巫可以从镜子中看到胡善与贾善的影像。那两条鱼正在监视爱丽儿与艾力克王子。

"谁来帮我一下！"玛莎发出一声尖叫，被裙子上的破洞绊了一跤。

"天哪，玛莎！你怎么不拿小一点的镜子？来，我来帮你！"

最后她们好不容易将那面魔镜靠到壁炉旁的一尊黑玛瑙渡鸦雕像上，如此一来，古怪三姐妹就能在监视爱丽儿的同时顺便取暖了。她们都很怀疑自己正在做的事情究竟是不是正确的。三个人心中不祥的预感与焦虑随时都有可能一触即发。她们这阵子一直非常小心，不让自己陷入干扰别人的老习惯，不对任何人施展有害的咒语，她们甚至强忍住一搭一唱胡言乱语的习惯。

事实上，古怪三姐妹现在变得死气沉沉，而这一切都是为了瑟西，为了她们最亲爱的妹妹。古怪三姐妹甚至说话都变正常了，或者应该说，为了让妹妹能够重新接受她们，她们尽量试着像正常人一样说话。因为瑟西很讨厌她们像接龙般一搭一唱的古怪说话方式。三姐妹如今别无所求，只希望能让瑟西感到开心，希望她能为姐姐们感到自豪。不过，插手爱丽儿所追求的生活并谋杀她父亲，难道不会让瑟西更瞧不起她们吗？肯定会的。

真的会吗？搞不好瑟西根本就不介意。她们甚至说服自己，或许瑟西会因此而感到欣慰。毕竟，瑟西很喜欢乌苏拉，这可是她亲口说的。如果瑟西知道乌苏拉的哥哥对她做过的事——不是道听途说，而是川顿真的犯下那么多恶行，那么，她肯定会站在姐姐们这边。

光是川顿对待爱丽儿的方式就足以说服瑟西了。瑟西很看不起那种会阻止女儿追求真爱并摧毁她们的珍藏品，还自以为是在教育女儿规矩的父亲。如果当时瑟西在场，她很可能会实现爱丽儿想变成人类的心愿且不求回报，同时顺便教训一下川顿。没错，瑟西不会介意她们和乌苏拉的计谋，甚至还有可能很乐意助她们一臂之力。

"我觉得她不会。她人太好了。我觉得瑟西不会喜欢我们现在做的事。"玛莎小声说道。

露辛达叹了口气，"我们是替瑟西做这件事！"

这些话说服不了玛莎和鲁比。"但我们在制裁那个野兽王子时也是这么想的啊！""所以现在瑟西才气得拒绝跟我们见面！"

露辛达握紧双拳，努力克制自己别对她的姐妹发怒，"乌苏拉答应过我们会帮忙找到瑟西的！一旦她获得川顿的权力，就没有什么事情难得倒她了。所以说，麻烦你们现在先集中精神来帮助乌苏拉。"

"但那不就是黑魔女担心的事吗？也许她说得对。难道让一个女巫拥有这么强大的力量，真的不会出问题吗？"

露辛达愤怒地抓起一个玻璃罐往墙上扔！砸碎的玻璃罐中装的橙色粉末如炸药般瞬间撒满整个房间。

"别再提玛琳菲森了！"

震惊过后，鲁比和玛莎开始放声尖叫，"你毁了占卜粉！""喔，露辛达！你把一切都搞砸了！"

露辛达对她们翻了个大大的白眼，心里想着自己怎么有办法忍容到现在，"我什么都没搞砸，你们这两个笨蛋。玛莎早就在镜子里召唤出胡善与贾善的画面了！刚刚她把镜子拖进来时我们就看到了。"

两姐妹尴尬地嘟哝着，装作若无其事的样子转向镜子。

她们在镜子里看见爱丽儿与艾力克王子正一起划着小船，胡善与贾善则游到小船附近。"他们要接吻了！"鲁比尖叫道，"我们怎么没注意？乌苏拉会气疯的！"

不过在古怪三姐妹着急施咒前，乌苏拉狡猾的两只爱宠便抢先一步打翻了爱丽儿和艾力克王子的小船。胡善与贾善都露出洋洋得意的笑容，彼此祝贺他们俩破坏了浪漫的气氛，而古怪三姐妹也松了一口气。

"看吧！没有什么好担心的！就算我们稍微分神，也没有让爱丽儿和艾力克王子马上就陷入你侬我侬的爱情！"

"暂时还没而已。"鲁比说道，显然还有其他心事。

"怎么了？怎么回事？"鲁比说不出口。

"快点说！"露辛达喝令道。

鲁比小心翼翼避免提到玛琳菲森的名字，虽然有些吞吞吐吐，但她努力说出心中的恐惧："我们真的能信任乌苏拉吗？如果她的故事是编出来的，那该怎么办？我们怎么知道她哥哥真的做了她说的那些事？还有，普兰兹到底跑哪去了？自从上次乌苏拉来访后，她就失踪到现在！"

普兰兹跑哪儿去了？

普兰兹。露辛达觉得目前最不需要担心的就是那只猫，因为现在她要处理的问题有来自黑魔女的神秘警告，她们的魔法找不到瑟西，现在再加上另外两姐妹开始变得焦躁不安，等等。露辛达满腔怒火，却又不知道自己该对谁发泄愤怒。她该把气出在另外两姐妹身上，骂她们竟敢质疑她的决定吗？还是说，她应该责怪玛琳菲森没事跑来干涉她们寻找妹妹的计划？最令露辛达感到不安的是，她怀疑其实她是在生自己的气——太过于盲目相信乌苏拉的一面之词。

不管原因是什么，总之必须立即阻止这种状态继续恶化下去。如果她们心存怀疑或恐惧，就无法继续执行原本的计划。露辛达走到她砸破玻璃罐的地方，伸出双手从地板上捧起一把粉，毫不在意玻璃碎片割伤她的手。橙色粉末与血混在一起，将她的双手染成绯红色，露辛达想起黑魔女的警告：如果爱丽儿死了，要负责的是你们。

她将手上的粉末扔进火堆里。

"让我们看川顿与乌苏拉最后一次说话的景象。"

"咒语的韵律不对啊，露辛达！"鲁比不满地说道，接着她心里暗自庆幸露辛达没有用眼神杀人的能力，如果有的话，露辛达恶狠狠的目光，早就让鲁比彻底闭嘴了。

"闭嘴，鲁比！这个咒语我说了算！"但她还是稍微修改了一下句子，以免证实鲁比说得没错。

"让我们回顾川顿与乌苏拉，上一次交谈的时间与画面！"

她拍拍手将剩余的橙色粉末撒进火里，火焰中冒出乌苏拉过去的影像。火影里显示当时乌苏拉正站在晨星王国岸上向晨星公主道别，看来这天是她从海里救出可怜的公主并帮她摆脱悲伤与恐惧的日子。

"宝贝儿，我相信你以后不会再为了跟一个配不上你的男人分手而跳崖了。而且我敢向你保证，要是下次再有哪个男人爱上你，你会知道他是真心爱你，而不是只看上你的外表而已。等那天来临时，我就把你的声音还给你。"

晨星对乌苏拉报以虚弱的微笑。鲁比转头看了看另外两姐妹，她们正专心地看着这一幕，"这是晨星被野兽甩掉后跳海自杀，然后乌苏拉救起她的日子。哪来的川顿？我们想看的是他们兄妹俩最后一次交谈的场景，不是这些废话！"

玛莎一脸惊慌的模样，"我想你的咒语有问题，露辛达。我们说了韵律感不对嘛！这个时间点完全不对！"

露辛达的表情看起来像是恨不得掐死她这两个姐妹似的。她甚至已经在想象她那双瘦骨嶙峋的手左右各掐着她们俩细长的脖子……

"不过我不得不说，露辛达，至少你变出来的这一幕还挺动人的！"

露辛达露出一副看虫子的表情看着鲁比，不屑地说道："'不得不说'？你从什么时候开始会讲'不得不说'这种话了？姐妹们，别急！我相信川顿最后会出现的。"

火焰的影像中，乌苏拉看着晨星踏上回城堡的路并叹了口气，接着深海女巫就回到了海里。其实乌苏拉对那位可怜的小公主是感到难过的，倒不是可怜她失去了美貌，而是可怜她从未珍惜或真正欣赏过自己的美丽。乌苏拉在游回家的路上，为自己也为晨星失去珍贵的东西感到闷闷不乐，接着当她看到川顿的贝壳战车停在她家门外时，她感到胃里一阵紧缩。一想到他在自己的屋子里，她就怒火中烧。他竟敢连问都不问一声就擅自闯入！他对她经常如此放肆，不是因为他们是血亲，只是因为川顿认为他有权这么做。当他将她驱逐出王国时，他就抛弃她了——当然，并不是说以前乌苏拉住在宫殿时，他接纳过她。

不，他从来没有尝试过把她视为妹妹对待。

但那都是很久以前的往事了，她心里想。她住在川顿王国的那段日子，如今回想起来就像一场遗忘的噩梦，朦胧且遥不可及。现在她住在自己的海域，不设任何防护的海域，离川顿和他那群只懂得阿谀奉承的臣民远远的。只有川顿王国里最绝望的臣民才会来到乌苏拉的地盘，而她很乐意满足他们的愿望。

川顿把她驱逐以后，又对外将她描绘成穷凶极恶、作恶多端的怪物。他永远也不敢承认乌苏拉能对他的子民有所贡献，尽管事实上如果他们能携手统治的话，绝对会打造出比现在更美好的王国。这是他们父母还在世时早就安排好的计划。这就是为什么他们父母会将他们的力量一分为二，其中一半放进川顿的三叉戟，另一半放进乌苏拉的金贝壳项链，但川顿在将她驱逐出王国时，却同时夺走了她的项链。不过除非她同意，否则他也无法使用乌苏拉的力量。只有她才能发挥贝壳项链的力量，但他宁可将贝壳项链收藏起来，也不愿意让她拥有它——她应得的遗产，以及她应有的地位。

要是她再有本事一点，就能有夺回贝壳项链的力量，如果再加上古怪三姐妹的帮助，搞不好甚至能轻而易举地废黜川顿的王位。露辛达、鲁比和玛莎一边看着火焰里的影像，一边全神贯注聆听乌苏拉的心里话。

"我们要的暴君来了。"露辛达说道，她们继续看乌苏拉游进她血盆大口的海怪屋入口。她们听见前门的迷失灵魂花园里传出微弱的哭叫与求救声。乌苏拉笑着看花园里其中一个被变成畸形生物的灵魂，哈洛德。他是乌苏拉的第一个受害者，因此在她身边的时间也最长；他是乌苏拉最喜欢的灵魂之一。他悲伤的目光里有某种会使她不禁微笑的东西。

"嗨，哈洛德，我的小乖乖。"她看着她收集到的所有灵魂，"我的小宝贝们，今天过得如何呀？"乌苏拉假装没看见站在花园另一端的哥哥。

"看来你都没让自己闲着，乌苏拉。"

"看来你以为可以随心所欲，想去哪里都来去自如，但我敢说你已经做过头了。你现在是擅闯民宅！"

"我看你似乎是嫌被流放的程度还不够，乌苏拉。显然你一直在设圈套，给那些有勇气进入这片不受庇护的海域，专程来看你那令人作呕的面孔之人下咒。"

令人作呕的面孔。

乌苏拉强忍住心痛，将这份感觉咽下去并转化为恶意。

"只要你别把你那套病态的审美标准拿来压迫你的臣民，他们就不会来这里寻求我的帮助啦！像这个甜美、可爱又愚蠢的哈洛德就是个很好的例子。他想要的不过是用你和你的宫廷推崇备至的美德——也就是英俊帅气的外表，来吸引其他女士的目光，而不是接受原本可爱的自己，

结果你看看他最后落得什么下场。"川顿试着打断她的话，
"乌苏拉……"

但乌苏拉继续说道："我和你的臣民所签订的契约都是公平且有效力的。即使是你的魔法也无能为力，亲爱的哥哥。"

"不准叫我哥哥。你这肮脏、凶残又丑陋的怪物！"

肮脏。

凶残。

丑陋。

怪物。

自从他们在伊普斯威奇岸边相遇的那一天起，她哥哥就是一直这样看待她的。她曾经希望自己还有小时候与哥哥相处的回忆，但想象他们小时候在一起的模样，只会让她更加深切地感到失去哥哥的滋味。也许把伊普斯威奇的岸边当作是他们初次相遇的地点就好。反正无论她说什么或做什么都无法让他对自己的态度有所好转。在他心中，她永远都是岸边那个凶残的怪物。就算她对他的王国付出再多的爱与支持，也改变不了他的任何看法。即使当时她依照他的要求换上虚假的人鱼外表，伪装成他认为美丽的模样，她仍然感受得到，在他的眼里，她就是一头冷血无

情的怪物。

就和乌苏拉看待伊普斯威奇的眼神如出一辙。乌苏拉大笑。

"如果是以前，你说这种话会让我感到心如刀割。但现在你说的这些话只会加深我对你的仇恨。"

"你已经违反太多次海洋法则了，乌苏拉。你应该回到岸上去，这样你就能跟你深爱的可悲物种——人类——共同生活了！"

"你指的是晨星公主的事吗？"

"没错。你知道海里的法则。她父亲在这片海域捕鱼赚了不少钱。每当他的子民将渔网撒进海里时，我的子民们就陷入生命危险，而你却反过来保护他的孩子，我可不允许这种道理存在！"

"你的法则对我不适用，川顿。我不住在你的海域里，这里是我的地盘！不设防海域的规矩由我决定！另外，或许这个消息你听了会开心点：晨星国王和野兽王子的谈判破裂后，他的金库现在是空的。也许这样的处罚足以一笔勾销了？我倒是不明白晨星国王做的事，有什么道理得由他女儿代替他受罪。"

"显然你很了解那些因为父亲做错决定而遭受折磨的

女儿们的心情。"

"别把我父亲扯进来！永远不准！你没有这种权利！"

"那个人并不是你真正的父亲，而且他也是那群滥捕滥杀的凶残人类中的一员，所以他的命运不过是罪有应得罢了！至于你，乌苏拉，就像你把伊普斯威奇的受害者变成他们最憎恨的生物一样，你也变得跟你最憎恨的人类没什么两样。"

"滚出去！滚回你那群满脸假笑、讲话拐弯抹角的子民身边！你在这里没有任何权力，川顿！这里是不设防海域，你的规则既不适用于此，也不适用于我！"

"我有办法夺走你仅存的一点点力量，要是你敢再帮助任何一个人，下次我可不会手软。这是我最后一次警告你，乌苏拉。肮脏丑陋的生物就该好好待在幽暗的地方，这样才不会吓到别人！"

"就算我真的是你所形容的恶心生物，那也是你一手造成的！"

"你一直都是这样！从小就不顾体统，拒绝换上体面的外表！"

乌苏拉像遭到雷击般震惊，难以置信刚刚听到的话，"什么？你刚才说什么？"

"你明明听到了！你从小就不是个好东西。我把你丢到海上随波逐流，因为我当时就已经预料到你以后会变成一头怪物！"

"所以我根本就不是你说的什么失踪儿童？而是你把我丢掉的？"

"没错，而且显然那是正确的决定。看看你现在什么模样，你真是叫人感到恶心。卑鄙无耻。"

乌苏拉以为当初川顿将她赶出他的王国时，她对哥哥的感觉就只剩下冷酷无情了，但现在这股背叛感已经超出她能理解的范围。她的脑子里一片混乱，难以想象年纪轻轻的川顿，不但亲手将妹妹遗弃在狂涛骇浪中不顾死活，而且还希望她永远消失。

难怪这么多年来他一直找不到她，因为他根本就没找。

她不敢问父母对于她离奇失踪这件事是怎么想的，要是她听到的答案是父母早已知情的话，她肯定承受不住。他们一定从头到尾都被蒙在鼓里。川顿绝对编了一套骇人听闻的不幸故事给他们听。不知道他们是否怀疑过他们那"完美的"儿子干了这么可怕的事。应该多少有些察觉吧，否则前任国王怎么会命令川顿在继承王位以前得先证明乌苏拉已死或是配不上统治者职位。这一切实在是太糟糕了。这是亵渎。他凭什么放任妹妹自生自灭，还对她评头论足？再加上一想到他们的父母有可能早已知道他的所作所为……若真是如此，那就实在是太叫人心碎、太过于恐怖了，以至于完全无法想象。这种事情不可能是真的。

没有了。

她对哥哥残存的最后一丝感情彻底消逝了。毫无疑问。他让她别无选择，是他逼她的。现在，这个肮脏、凶残又丑陋的怪物将要做她最擅长的事。她要报仇。

第
12
章

偷来的声音

乌苏拉可不像漫不经心的古怪三姐妹那样，差点错过爱丽儿与艾力克王子擦出火花的瞬间。要不是她的爱宠及时打翻他们的小船，艾力克王子就会跟那个丫头接吻并且毁了她的计划！

"做得好，宝贝们！"她看着三姐妹送给她的魔法气泡球显示的画面，隔空称赞胡善与贾善。

"真是太惊险了，差点就毁了！"乌苏拉对于古怪三姐妹放任爱丽儿跟艾力克王子不管感到火大，愤怒说道，"这个爱丽儿！天哪，她比我想象的还有魅力！"

"照这种进度，他们在最后一天日落前肯定就接吻了。"她游到储物柜前，那里摆满了各种各样的魔咒素材。

那古怪三姐妹究竟在搞什么？真不敢相信她们竟然没做好监督的工作！

"好吧！看来该是我亲自出场解决问题的时候了！"

她找出一颗玻璃球，里面装着一只翩翩飞舞的蝴蝶，乌苏拉将玻璃球砸进大釜里说道："川顿的女儿将属于我！我要看她痛苦不堪的模样，就像被穿在鱼钩上的虫子一样扭动！"紧接着她周围出现金色的光芒，乌苏拉在光芒中变成了……别的东西。她很讨厌的东西。凡妮莎。恶心的凡妮莎，大大的紫色眼睛和一头乌黑长发。她讨厌人类的肉体，讨厌不得不利用别人的美丽再次掩藏自己，但这是最后一次了。对此她非常肯定。

乌苏拉借着别人的身体，用着别人的声音，站在艾力克王子领地的岸上思索。

再过不久，川顿就死定了，而她会顺理成章地坐上王位。届时她将以真实的样貌登上王位！谁能想到川顿的小女儿竟然会爱上人类呢，这实在是太幸运了！简直就是因果报应！要不是她需要爱丽儿的灵魂，她大可让爱丽儿嫁给英俊的王子！光是让川顿看到自己的女儿变成他最憎恨的生物，就足以让他痛彻心扉了。变成人类！这根本就是天意！但没那么简单，爱丽儿的灵魂另有用途。要是她真打算让小美人鱼和艾力克成婚的话，就不会大费周章夺走爱丽儿的声音了。

幸运之神站在乌苏拉这边，不仅让狂风巨浪摧毁艾力克王子的船，还让他刚好掉进川顿的海域里。感谢众神让爱丽儿对艾力克一见钟情，又刚好让乌苏拉的爱宠全程目睹。一切都天衣无缝。小美人鱼有如神助般拯救溺水的王子并将他带回岸上！他们根本就是在帮乌苏拉实现愿望。

据乌苏拉猜测，王子也对救了他的红发姑娘一见钟情，并且从那天起就一直在寻找那位梦中情人。谢天谢地，还好她事先拿走爱丽儿的声音，否则若爱丽儿一开口，他们八成早就结婚了。可怜的王子到现在才开始怀疑，他原本以为救了他的女孩有一副好嗓音，但也许那只是他溺水时神志不清产生的幻觉罢了。

而乌苏拉现在既然拥有爱丽儿的声音，她打算好好利用它，用这声音诱惑小美人鱼的王子，将他占为己有。乌苏拉想得正出神，这时某种人类乐器发出的呼啸声打断了她的思绪，她听见一支长笛被丢进海里溅起水花的声音。

他就在这附近。她心里想着。**完美**。接着凡妮莎开始用爱丽儿的声音唱歌，她唱的是爱丽儿将溺水的王子拖上岸时唱过的歌曲，而王子对那首曲子十分难忘。现在乌苏拉觉得自己就像她的海妖一样，用歌声诱惑男人，等着猎物自动找上门来。她用爱丽儿的歌声将王子吸引到岸边，让他不由自主地迈向毁灭。就在这时，她突然有了一个新的想法。

如果她得到川顿的王位并统治艾力克的王国，那么她便同时主宰海洋与陆地！

这主意太聪明、太完美并且太神圣了。在达成这个目标以前，她可以让王子一直保持被催眠状态，接着等王子没有利用价值以后再除掉他也不迟。

艾力克王子被凡妮莎体内爱丽儿的歌声吸引，同时也被她的魔法魅惑而漫步到岸边。要说他还保有任何一点自我意识或情感，那就太夸张了。大错特错。

像这样直接对他下魅惑术是有点不公平，但乌苏拉不想冒任何风险。没错，就算不使用魔法，她也能靠爱丽儿的声音使艾力克王子上当，让他误以为凡妮莎才是救了他一命的人。但时间已经所剩不多，再加上她需要确保艾力克王子不会爱上爱丽儿才只好出此下策。因为她需要爱丽儿的灵魂。

如果她还有一点同情心，可能会对这位两眼无神、一脸茫然的可怜王子感到有些抱歉。他看起来是挺正派的小伙子：不仅个性沉稳、亲切、谦逊，还相当正直……而且说真的，他实在是太英俊了。虽然他被下了魔咒，不过当他如堕云里雾里走到乌苏拉面前时，仍瞪大了双眼，这使乌苏拉忍不住叹了口气。

这表示他觉得这个人的外表很美丽。不是乌苏拉——而是凡妮莎让他看傻了眼。

从来都没有人爱过她，除了收养她的那个人类以外。她的父亲。他才是真心爱她，即使父亲看过她变形成川顿所说的畸形、丑陋又恶心的模样以后，他仍然爱着她。

过去就让它过去吧！她在心里想道。那一切都不重要。等我支配陆地和海洋以后，那些事都不再重要了。

第 **13** 章

波佩杰王子的致歉信

亲爱的晨星公主：

　　我怀着对您以及您家族无比歉意的心情写下这封信。前些日子，不知何故我竟做出厚颜无耻的卑鄙行为，实在是惭愧得无地自容。我唯一（且薄弱）的辩护，是当时的我很不像自己。真的，我就像被其他人控制一样，完全无法遵循自我意志。我必须向您保证，那些行为绝非出自我的本性，唯有对您公开示爱这件事真心不假（虽然我应该选择其他更适合的方式进行表白）。

　　坦白说，我爱上您已经有一段时间了。自从某次我无意间路过令尊海岸时，看见您像一位默哀的女神从海里走出来，那时我就从心底爱上您了。自那以后，我就一直从远处望着您逐渐成为一位坚强、颖慧的女子。原本我打算先以隆重的外交方式拜访您父亲的宫廷，接着再正式向您进行自我介绍，以便您考虑是否同意我对您展开追求，但先前发生的事情恐怕已经破坏了您对我的第一印象。若真是如此，亲爱的公主，我绝对尊重您的感受。我只求在最后能向我三生有幸所见过最迷人的少女，致以我深沉的懊悔并献上我真挚的情爱。

随时为您效劳的波佩杰王子

晨星手里拿着波佩杰王子写的信，目瞪口呆地坐在椅子上。

她还没完全消化这封信的内容，因此不知道该怎么跟南妮说他写了什么，于是干脆直接把信拿给南妮读。

"嗯，看来他很擅长文字表达！我敢说，至少比撞破城堡大门好多了！"

晨星仍一脸困惑的表情，"南妮，你觉得他说的是真的吗？那些男人真的被施了什么魔法？"

南妮很清楚他们确实被下了魅惑术。

"是的，亲爱的，他们都中招了。"

"那为什么你之前不说？"晨星一脸疑惑地看着她。

南妮叹了口气，"亲爱的，因为就算之前我说了，你也只会摆出现在这种表情看着我，一副'可怜的南妮终于疯了'的表情。再说，当时我有更要紧的事情得做，必须一边召唤瑟西，一边应付代替瑟西出现的乌苏拉。但相信我，乖女孩，那些男人当时都被施了法，所以我们无法要求你的王子必须为他的行为负全责。"

晨星不开心地板起脸。

"他才不是我的王子！"

南妮不禁笑出声来。

"你说不是就不是，亲爱的。但你的语气在我听来，他就像你的王子！"

晨星讨厌这种感觉。上一次她有这种心动的感觉，最后却受到极大的羞辱并深受打击。她无法想象自己再度喜欢上其他英俊的男人，结果又再次心碎的场景。但她现在已经变得和以前不一样了，不是吗？她变得更坚强、更大胆了。而这位王子欣赏的似乎正是她的这些特质。

"要是瑟西在这里就好了，南妮。她一定会告诉我该怎么做。"

南妮叹息道："我相信瑟西会鼓励你回信给这位绅士，

感谢他的美言，然后顺便邀请他喝个下午茶。"

晨星露出微笑。

"你真的这么想吗？"

"没错，亲爱的。"

"那我想我就这么做吧！"晨星亲了一下南妮的脸颊。接着她便匆匆离开房间，准备回信给对方。南妮满面笑容。她是多么期待看见晨星再次变得幸福，而且她觉得波佩杰是个高尚的年轻人。但为了以防万一，她最好还是找个时间仔细看看这个年轻人。

以人类而言，他是个不错的小伙子。普兰兹对南妮用了传心术。"我有预感晨星和他在一起会非常开心，但现在我们的首要任务还是要赶紧找到瑟西，我担心她正身处困境之中。恐怕我们全是如此。"

"我同意你的想法，普兰兹，而且我想我们俩都知道幕后黑手是谁。"

第 **14** 章

一帆风顺的诡计

艾力克王子的婚讯宣布以后，整座王国的人民都为此感到激动。城里到处都有人在兴奋地讨论这件事，当然多少也有些困惑的声音。每个人都很好奇艾力克王子爱上的年轻女子——那位神秘的黑发美人，究竟是谁？

每个人都在猜，只有一个人还在状况外，那就是爱丽儿。当她听到结婚的喜讯时，这位可怜的女孩还以为自己就是新娘子呢。不过说真的，谁能怪她呢？毕竟他们前一天差点接吻，而且昨天他们一起划船时，王子看她的眼神让她觉得……嗯，让她觉得他也爱上她了。也许他终于想起来了！也许他想起来是她救了他一命。总之她非常开心，匆促地拨一下头发后，就急着奔下楼要去找艾力克王子。

她之前还一直担心该如何才能让他在日落前亲吻她，而现在她知道他们将会在婚礼上接吻！但是正当她奔下楼要去找她的未婚夫时，却在连接两个楼梯的平台上看见出乎意料的画面，那画面使她的世界顿时崩塌。

艾力克王子站在大厅和他的贴身男仆兼知己格林斯比在交谈，王子身边还依偎着一个美丽的女子。直到此刻以前，格林斯比还在怀疑艾力克王子经常挂在嘴边的那位有天使般嗓音的神秘女子是否真的存在。格林斯比不久前才对艾力克王子长篇大论说教，说他的屋檐下已经有一个可爱的姑娘了，不该再对也许只是幻觉的梦中女孩念念不忘。但是当艾力克王子今天早上带着这个年轻女孩到他面前时，格林斯比也不得不承认艾力克王子是对的了。

"好吧，艾力克，现在看来是我错了。你寻寻觅觅的神秘少女确实存在，而且十分迷人。"

"恭喜你，亲爱的。"格林斯比亲吻了凡妮莎的手背，祝贺她成为这个家庭的新成员。

"我们希望能赶紧结婚。"艾力克王子用空洞呆板的声音说道。

"是，那当然，艾力克，可是，呃，你也知道，事前准备需要点时间。"

"那就今天下午，格林斯比。办场海上婚礼，船要在日落时启航。"

日落。

日落！

这句话对爱丽儿刚破碎的心来说无疑是雪上加霜。她在那一刻仿佛已经看见自己的人生全毁了。乌苏拉说过的话在她耳边回荡：如果他在第三天日落前吻了你，你就能永远变成人类；但如果他没有，你就会变回人鱼，并且你将属于我！

爱丽儿甚至还没好好仔细想过那句话究竟是什么意思。

"属于乌苏拉"是什么意思。

"喔，好吧，艾力克，就如你所愿。"格林斯比一说完，便匆匆离去赶紧为婚礼做准备。

爱丽儿的世界崩溃了。

她不仅失去了爱人，而且日落以后她的灵魂将归于深海女巫。她将在乌苏拉的花园里萎缩成干瘪的生物，而父亲永远也不会知道她究竟发生了什么事。她亲手毁了自己的一生，完全没想过她亲朋好友们的心情。

到时他们猜得到她发生什么事了吗？他们现在知道她在哪里吗？要是当初父亲没有对她说那些难听的话并谴责她救了艾力克王子，这一切都不会发生。

当她回忆起当时那场可怕的对话时，父亲的声音在她脑海中依旧如雷鸣般轰隆作响。"你真的救了一个溺水的人类吗？你明知道人类世界与人鱼世界的接触是绝对禁止的！"那些可怕的话语仍犹在耳畔。当时她试图向父亲说明整件事的来龙去脉，想要跟他讲理，但他根本就不在乎。即使艾力克王子差点溺死，对他来说也无所谓。

不过就是少了一个讨人厌的人！

她对艾力克王子的爱，对她父亲来说没有任何意义。

他们都一样！全是没骨气、野蛮，又只懂得拿鱼叉来捕鱼的没血没泪的食鱼族！

她爱艾力克王子反而使她父亲更加愤怒，导致他狂暴地将她的收藏品破坏殆尽，因此她才会跑去求乌苏拉，希望乌苏拉能帮助她逃离父亲，逃离父亲要她遵守的生活。结果到头来都是白忙一场。她永远都不会知道生活在人类世界是什么样的感觉，她的人生还没真正开始就已经结束了。

她真傻。傻到以为艾力克王子也爱她；傻到去和深海女巫做交易；傻到为了一场得不到回应的爱情而放弃自己的生命。

当初她将艾力克王子救上岸时，她是那么确信他们彼此一见钟情。而且后来他在岸上巧遇刚变成人形且狼狈不堪的她时，王子也伸出援手带她回到自己的城堡。为什么她要拿声音来跟深海女巫进行交易呢？要是她能开口唱歌，艾力克王子马上就能知道她是谁了！明明前一天她还以为他们肯定会在那条小船上接吻。她还以为他回想起来了。她原本以为他也爱上她了。要是昨天他亲吻她就好了。

要是没有突然翻船的话，他们早就……算了，别想了。

她不断回想着过去几天发生的事情，一遍又一遍地回想每个细节。等她的思绪停下来以后，她只感到后悔。"一切都没了……一切！"她想着，"才短短三天我就失去了一切。"

爱丽儿眼睁睁看着她的梦想变成了梦魇。那天晚上，当她第一次在艾力克王子的船上看见他吹奏长笛时就迷上他了。她从来没有如此近距离看过人类，同时她也觉得他是她所见过最英俊的人。

她想象过无数次他的生活是什么样子：穿越大海、眺望世界、在星空下跳舞。她也想象过他住在什么样的地方，那里肯定摆满了许多漂亮的东西，人类所使用的道具，就像她收藏在秘密洞穴里的那些收藏品一样。

他本来还可以向她展示更多人类的宝物，一些她甚至无法想象的宝物。她曾经幻想和他在一起，生活将会是一场永无止境的探索之旅，不过现在这一切都化为泡影了。

她还以为海洋众神有意要让这位出色的王子进入她的生命，所以才会在那场可怕的风暴中将他的船弄沉，使他刚好落入她熟悉的海域，又给予她在满是支离破碎的船骸的巨浪中找到他、拯救他的力量。并且让她情不自禁地爱上他。

但如果这是众神的安排，那为何又不给他们相爱的机会呢？

要不是因为她真的相信他们是天造地设的一对，她才不会冒这个险。要是她的声音还在，她就能告诉艾力克王子整件事情的始末了！她感到心碎与孤独，一心想念着她刚抵达艾力克的王国时，她以为他也爱她的那段时光。爱丽儿实在无法相信他就要和别的女人结婚了。她感到无助，感到绝望。她很生气，气得想大声尖叫宣泄情绪，但她的声音却在深海女巫手里。

"爱丽儿！爱丽儿！"

一只海鸥朝她的方向飞来，那是她的朋友史卡托。他慌慌张张地飞到码头上，语无伦次地说道："我刚刚在空中飞……在空中当然也只能用飞的……"他上气不接下气，令人摸不着头绪他想表达什么。

爱丽儿能够和海洋生物沟通，像史卡托这种常驻于海边的动物在沟通上也没问题，因为她本来就是海洋生物中的一员。问题是，史卡托现在说话非常急促还有些颠三倒四，就连爱丽儿也搞不懂他要说什么了。爱丽儿努力想办法要他先冷静下来再慢慢说话，不过史卡托最后总算说到重点了。

"我刚刚在空中飞时刚好经过那艘船，然后我看到镜子在照、照着女巫！那个女巫在照镜子，并且还用偷来的声音在唱歌！你听见我说什么了吗？王子的结婚对象是伪装成人类的女巫！"

第15章

意外的来信

从古怪三姐妹的屋子往外看，接近黄昏的天空是明亮的粉红色、金色与银蓝色的。三个女巫躲在屋内，紧张兮兮地往窗外窥探，寻找是否有任何来自仙境的乌鸦或其他东西靠近，担心再次收到黑魔女可憎的警告。

鲁比看见一只深灰色的猫头鹰朝屋子方向飞来时发出惨叫声。

"别叫了，鲁比！那只是一只猫头鹰！"但是当古怪三姐妹看着那只猫头鹰笔直地朝她们屋子飞来时，她们的胃不禁开始打结。

"你想会不会是……"

"不，我不认为！"露辛达厉声说道，"玛琳菲森不会用猫头鹰当信使！"

玛莎战战兢兢地走到门口，每一步都发着抖，她紧张地看着门口上方的彩色玻璃窗，上面的彩绘主题是一只正在摧毁仙境的喷火龙。

"玛莎，拜托！开门就是了！猫头鹰又不会喷火！"

玛莎一开门，那只猫头鹰就飞了进来，降落在厨房桌子上并伸出绑着信件的一只爪子。

"鲁比，快拿片饼干给她吃！"露辛达一边说道，一边从猫头鹰的爪子上取下信件。鲁比和玛莎乒乒乓乓翻遍各种罐头，想找出饼干来慰劳猫头鹰，露辛达则负责阅读那封信。

"安静点！这是普兰兹寄来的！她要我们赶紧去晨星城堡。她说有急事！"

"怎么回事？她遇上麻烦了吗？"鲁比和玛莎一副疲惫不堪的模样，露辛达尽量对她们保持耐心。

"她没说原因，只说她需要我们，而且晨星城堡会欢迎我们。"

"我不大相信，露辛达！毕竟我们在背地里把晨星搞得那么惨！"

"我们的什么把晨星的什么搞得怎么了？你什么时候开始会讲这种话了？"露辛达眯起眼睛好奇地看着姐妹们，自从她们的疯言疯语逼走瑟西以后，她们现在究竟沦落成什么样子了？

"自从瑟西离开以后，我们三个人说话都变奇怪了。"

"对啊，露辛达，我们不是约定好为了瑟西，以后说话都要像正常人一样吗？"猫头鹰咬了鲁比的手一下，提醒她们快交出回复。

"哎哟！小心我把你的脖子给拧断！"

猫头鹰看着鲁比并眨了眨大眼睛，像是在跟女巫挑衅有胆试试看。

"好，好！等一下。"露辛达说道，她打开抽屉东翻西找了一番，最后终于找到回信用的羊皮纸和笔。

"快点给她饼干吃！"她一边厉声说道，一边匆忙地写回信，通知普兰兹她们马上就出发，"然后向她道歉，鲁比！我可不希望事情演变成以后没有猫头鹰肯服从我们的命令！我们现在的敌人就已经够多了！"

"给你，亲爱的。"露辛达用和蔼的语气跟猫头鹰说道，将回信绑到猫头鹰的爪子上并喂她一片饼干。

"麻烦你尽快将回信交给普兰兹。"猫头鹰吃完饼干后，发出一声表示感谢的叫声，接着便从厨房的圆形窗口飞了出去，飞越老王后的苹果树并飞进迷雾里，往晨星王国的方向飞去。

"那么，我们要怎么去，姐妹们？照平常的老方法吗?"玛莎有些愁眉苦脸地问道。

"又怎么了,玛莎?"露辛达的语气开始变得不耐烦。

"乌苏拉那边怎么办?我们也许会来不及帮她对付川顿。婚礼就在今天日落前举行。一旦她取得爱丽儿的灵魂,她需要我们的魔法才能完成咒语!"

"她会如愿以偿!因为晨星城堡旁边就是乌苏拉的地盘。"露辛达的话并没有让玛莎松一口气。

"怎样?说啊!我已经看够你们闷闷不乐的表情了!"露辛达已经对她们完全失去耐心了。

"我们已经厌倦了每次说话都得字斟句酌。厌倦了说话这么……这么……正常!就算我们不改变,瑟西肯定还是会爱我们的!"

"但事实是她不会!这点我们已经讨论过,也同意以后就这样说话了!我们在这个问题上争论的时间花得越多,能去找普兰兹和乌苏拉的时间就越少!所以现在请赶快准备。"

接下来古怪三姐妹站到壁炉前,也就是房间正中央。巨大的黑玛瑙乌鸦雕像看起来像是在盯着她们,这让古怪三姐妹不禁想起黑魔女的警告。当她们开始念起能将她们带往晨星城堡的咒语时,那股不祥的预感再度涌上心头。

"我们召唤强风、迅风与微风！请快速飞往晨星城堡的上空！"

尽管古怪三姐妹经常使用这咒语，但每次使用时还是会感到身体猛地往下沉，就像脚底下的地板突然不见了一样。一旦她们从最初的不安感恢复过来后，就立即奔到厨房的大圆窗前，从高空中俯瞰着下方伊普斯威奇与晨星王国之间的风景。乘着屋子在云层间飞行，下方的路人完全注意不到，女巫们最爱这种旅行方式了，而乌苏拉还以为她们跟那个名字很好听的罗马尼亚女巫一样，是以让屋子长出鸡脚的方式来旅行。

"我们已经好久没见到她了，不知道她现在过得如何？"

"亲爱的，我们很久没联络的女巫实在太多了。不过等处理完普兰兹那边的事情以后，就是专属于我们和乌苏拉的时间了。"露辛达说道。

第16章

与波佩杰喝下午茶

晨星城堡里里外外都是四处奔走为迎接冬至日做准备的仆人。晨星直到最后一刻才决定，即使父母都因外交事务而不在王国里，城堡还是要照例庆祝冬至节。

由于南妮和普兰兹还在处理瑟西的事情，所以南妮很高兴晨星有事可做。不过，一想到古怪三姐妹现在随时都有可能抵达晨星城堡，南妮反而开始有点后悔当初叫晨星留在城堡里，而没有鼓励她陪母亲一起去拜访她阿姨的王国。

南妮望向窗外，希望能看见古怪三姐妹的踪影，接着她想起来她跟晨星保证过，今年冬至一定会下雪。于是南妮伸出一只手朝窗外随意一挥，一片片雪花开始从天空飘下来。晨星要的雪有了，接着只剩接待波佩杰王子一起喝下午茶这件事了。这就是南妮说服晨星留在城堡的原因。她想让这两个人有相处一下的机会。也给爱情一次机会。

波佩杰王子抵达城堡时，看起来朝气十足、英俊挺拔。值得庆幸的是，他没有带那把鲁特琴前来，看来他并不打算在喝下午茶时歌颂晨星的美丽。城堡里到处都是忙着布置冬至节的男仆女仆，哈德森先生带领他穿越城堡往晨间房的方向移动，晨星已经在那里等着他了。

"公主殿下，波佩杰王子来见您了。"

"谢谢你，哈德森。可以麻烦你叫维奥莉特把茶端上来吗？"

"好的，我这就去办，公主殿下。"

晨星坐在一张粉红色缎面长沙发椅上，她往旁边的空位轻拍几下，邀请波佩杰坐下，"请坐。"于是王子坐到她身旁，晨星却不知道要聊什么才好。她向来不擅长闲聊。因为该怎么说呢，闲聊感觉上很……唔……微不足道。闲聊只是为了消磨时间而漫无边际地进行空洞交谈，老是围绕在天气如何等陈词滥调上。但她周围的人们都理所当然地认为淑女就该聊这些微不足道的话题，而不是对关于数百年前统治这片土地的巨人，或他们与奥伯隆①等北方树王的战争史侃侃而谈。不过，偏偏这些才是她的热情所在，

---

① 奥伯隆原本是欧洲民间故事里的精灵之王，在《沉睡魔咒》中则是"树王兼仙境之王"的形象。

是她真正为之着迷的话题。她想知道他热衷于什么话题。

好在维奥莉特这时正端着茶走进房间，让晨星有更多时间思考该找什么话题来打破沉默才好。

"谢谢你，维奥莉特，放这里就行了。"

维奥莉特将茶盘摆到他们前方的圆桌上时，稍微手滑了一下使茶杯发出啪嗒的碰撞声。

"对不起，公主殿下！"

但晨星一点也不介意那些茶杯是否会撞出缺口。事实上，她甚至想把这组茶具扔进海里。这是她最讨厌的一组茶杯，因为上面的粉红色花纹让她想起野兽王子的玫瑰园。她在内心提醒自己待会儿要告诉维奥莉特，明天的茶具要摆黑白色的。

"别担心，维奥莉特，放着就好。我来为客人倒茶。"晨星用微微颤抖的双手为波佩杰王子倒了些茶，"你想加点什么吗？"她问道。

"请帮我加点奶油和砂糖，谢谢。"波佩杰王子声音嘶哑地回答。

她将茶杯放到相同花纹的杯垫上端给他，尽量不让自己的双手颤抖，并强迫自己赶紧开口说些什么。什么都行！

"我母亲觉得她无法留在这里接待你实在很可惜，但她得去探望她的姐姐莉亚王后①才行。"

波佩杰王子紧紧盯着茶杯看，害羞得不敢正视晨星，而且也不太敢开口说话，因为他怕他的声音又会像刚刚那样嘶哑。看来晨星不是这里唯一会对闲聊感到紧张或讨厌的人。

"我阿姨承受了很大的打击。我相信你应该听说过她女儿发生什么事了吧?"波佩杰王子抬起头来，鼓起勇气迎接晨星的目光。

"我为你表妹的遭遇感到非常难过。"他继续说道，"不过我很高兴你今天邀请我来喝下午茶，晨星。我收到邀请函时感到很惊喜。"

虽然对话有了进展，晨星却涨红了脸，相当不自在。她好想逃得远远的。她在内心跟自己说：别闹了，他只是个王子。

但她依然有强烈的想要逃走的冲动，哪里都好，就是不要待在这里，她想离波佩杰王子越远越好，远离他那双迷人的灰色眼睛，最好是能躲到一个根本就没有王子存在

---

① 莉亚王后是《沉睡魔咒》里的王后。

的地方。这个世界上肯定有这样的地方，在那里，人们没必要闲聊邻国的近况。

"我最近在阅读你们王国与领土的历史，我觉得非常精彩。你知道这里曾经发生过一场大战吗？"

晨星笑着问道："哪一场呢？这里发生过好几次大战。"

"哦，我对树王与巨人的战争特别感兴趣，当然其他的战争也很吸引人，你觉得呢？"晨星顿时觉得想要逃走的冲动不见了。老实说，现在全世界反而没有任何地方比得上这里了，她只想坐在这个有漂亮灰色眼睛的王子身旁。

第 **17** 章

女巫们的冬至

普兰兹坐在城堡门口前等待她的女巫主人们抵达。晨星城堡前方是一座座悬崖峭壁，而悬崖前方即可看见乌苏拉的海域。说时迟，那时快，她和古怪三姐妹一起住的房子突然间出现在她前方的悬崖边，就仿佛那栋房子从很久以前就一直在那里了。

　　要不是普兰兹知道古怪三姐妹的魔法原理，或许就连她也会以为那栋房子本来就一直在那。当然，更不用说毫不知情的平凡人类，即使他们看到那栋房子突然出现，也会产生那栋屋子本来就在那里的错觉，并以为普兰兹与她的女主人们长年在外旅行。

　　说到普兰兹，尽管她已经喜欢上南妮与晨星，但她依然想念她的女巫主人们。普兰兹用带着绿色斑点的黄澄澄大眼睛迎接她们，稳稳地站在门口，白色猫爪并拢放在地上，看着她们沿着道路走过来。

"嗨，普兰兹！"玛莎叫道，"我们好想你！"城堡地面上覆盖一层薄薄的雪，这对沿海王国来说不太寻常，因此古怪三姐妹知道这场雪是女巫变出来的，但会是谁呢？

一片片雪花落到古怪三姐妹乌黑的卷发上，强烈的对比使她们头发上的雪花显得格外白净。古怪三姐妹这阵子都在烦恼瑟西的下落以及她们和乌苏拉的约定，差点忘了现在是冬至。幸好，至少她们出门前还记得先换掉身上已经撕破的红色礼服，换上了黑色丝绸礼服，这套黑礼服宽大的裙子上绣着许多银色星星，令人联想起下着流星雨的夜空。她们三个人像往常一样步伐一致，似乎在欣赏这座城堡的典雅堂皇，晨星城堡确实很壮观，就如一座美丽的灯塔般闪闪发光。尤其在这暮色时分，她们觉得城堡上方的天空看起来特别令人惊叹。黄昏是她们的魔幻时刻，此时的景色最完美，而且往往使她们感到一切皆有可能发生。古怪三姐妹已经很多年没收过来自王室的邀请了，自从她们上一次拜访老国王——也就是白雪的父亲，她们的远亲——的宫廷以后，就再也没有人愿意邀请她们了。

在大多数的王室社交圈里，古怪三姐妹的拜访早已流传成为一个恐怖的传说，因此收到来自非同类的王室邀请，其实令她们有些手足无措。不过，她们多少也有所察觉，事情不太对劲……这附近确实有她们的同类。在即将抵达城堡以前，她们就已经感应到了同类的气息，但当时她们以为那是因为这附近是乌苏拉的领域。

不过，现在她们知道这股魔力并不属于乌苏拉，而是来自不同的东西。来自其他人。

她们没料到这里还会有其他女巫。古怪三姐妹疯狂地往四处转头，在天空中寻找乌鸦，不知道玛琳菲森躲在哪个角落。难道她对普兰兹施了魔法，利用普兰兹来诱骗她们踏入她安排好的陷阱？

普兰兹舔了舔猫掌，如果可以的话，这只猫还真想对她的主人们摇头叹气。她很希望能让这可笑的场景持续下去，欣赏她的主人们如惊弓之鸟般抽搐、战栗，徒劳地寻找根本就不在这里的玛琳菲森和乌鸦，只可惜时间真的不多了。

你们感应到的不是黑魔女的魔力，女巫们。而是她：传奇之人。普兰兹看了看女巫们脸上的表情，看来她们已经明白她指的是谁了。很好。普兰兹在心底默默想道。现在只能祈祷她们能暂时放下对彼此的成见了，希望至少能撑到处理完接下来要面对的难题。

她们没有时间去细想往事了，接下来要处理的问题非常棘手。就算南妮和古怪三姐妹肯放下某些许久以前结下的私人恩怨；就算把晨星王国的问题暂时放到一旁；就算晨星国王正好在其他王国执行外交任务，王后出船去安抚姐姐，而晨星正忙着招待波佩杰王子喝下午茶，不会有闲杂人等来干扰她们。尽管一切看起来面面俱到，但她们要处理的问题是否能顺利解决，仍是个未知数。

"那么，她人在哪里？"露辛达才刚问完，便看到晨星的保姆。满头银发，皮肤雪白且皱如薄纸，外表看起来老得不可思议，或许连她本人都不知道自己看起来到底有多老。她就站在普兰兹后方的城门口阴暗处，脸上挂着灿烂的笑容，眼睛里闪着光芒，等着迎接古怪三姐妹的到来。

"姐妹们，你们好。请进来吧。欢迎你们光临。"古怪三姐妹和那只美丽的猫，跟在南妮身后走进大前厅。整座城堡各处摆满了蜡烛，非凡的光芒照射在女士们脸上，柔化了她们的面孔，古怪三姐妹不禁想起往日时光。

"这座城堡真漂亮。"鲁比欣赏墙上舞动的光影并赞叹道。

"王后很遗憾无法亲自迎接你们。因为她现在必须出国去拜访她的姐姐，你们也知道，她姐姐这阵子很需要有人陪伴。"虽然南妮没有指名道姓说王后的姐姐是谁，但古怪三姐妹知道南妮所说之人。显然，南妮是在暗示她们，她已经想起多年前他们之间曾经发生过的事情。

"我们很高兴你在晨星这里找到安身之处。你从前就很擅长处理儿童与家务事。"露辛达说道，好奇南妮的记忆究竟恢复了多少。

"看来你在这里也保持着旧习俗，真不错。就连白雪的后母也无法将冬至节布置得这么壮观。"露辛达继续说道，她们随着南妮走进会客室。

南妮微微一笑。

"各位请坐，我们有很多事要讨论。"

露辛达不喜欢被人命令，但她只当南妮是出于热情好客，于是古怪三姐妹就在南妮对面一张漂亮的红色天鹅绒长沙发上同时坐下。她们三个都穿着华丽的黑色礼服，一起坐在红色长沙发椅上，这画面看起来就如同一幅画像。南妮在心里想道：她们看起来就像一截黑色蜀葵花，落在满是鲜血的土地上。普兰兹则静静地侧听女巫们心里在想些什么。跟往常一样，她小心翼翼地把自己的想法藏在内心深处，不让女巫们听见她在想什么。普兰兹希望古怪三姐妹接下来能够从头到尾听清楚这整起事件的来龙去脉，并且不能让她们听见内心的只言片语或胡思乱想。她可不想让她们一下子就陷入恐慌，这对谁都没有好处。

"普兰兹，为什么你会在这里？为什么你找我们来？""对呀，普兰兹，为什么？为什么你要在乌苏拉说她的故事时离开？""我们都很担心你！我们明明已经忙得不可开交了，你还淘气地偷偷溜走让我们担心！""这不像你会做的事！一点也不。请你好好解释一下你的行为！"

普兰兹静默不语。

"她怎么了？为什么她不肯说话？你对我们的普兰兹做了什么吗？"古怪三姐妹同时从血红色的长沙发上站起来，作势要扑向南妮。

"坐下！普兰兹好得很！我们只不过是有很重要的事情得跟你们说。"

"哦，传奇之人有事情得跟我们说？她要说的话是不是很多？而且偏偏还选在我们有这么多重要的事得做的日子找我们来咬耳朵？"

鲁比开心地睁大双眼，"喔！我们讲话终于又可以押韵了吗？这可真是叫人欢欣愉快呀！"她高兴得拍手叫好。自从瑟西离家出走以后，露辛达就禁止她们说话押韵，而鲁比终于等到露辛达自己打破这条禁令了。

玛莎从座位上跳起来，开始跺靴子跳舞，在地板上发出咯吱咯吱的刺耳噪声。"三姐妹终于又可以自由押韵！如凡人般的语句已不必操心！"鲁比用失望的表情看了一眼玛莎，玛莎难为情地说道，"抱歉，我有些生疏了！"但鲁比还是加入了玛莎的舞步，她们一起唱歌，一起跺脚，荒腔走板的合唱在整座城堡里回荡。自从瑟西离家出走之后，这还是她们第一次如此开心，她们玩得非常尽兴。直到晨星闯进会客室为止。

"这是什么情况，各位女士？"古怪三姐妹回头看那位犹如天使般甜美、如兔子般可爱的女孩，但她们看她的眼神却像是在看一只虫子，就跟人们在看外来物种的害虫时一样。至少，古怪三姐妹是这么看待她的。

毕竟，这个房间里除了晨星以外，每个人都具有魔力。从晨星脸上的表情来看，她显然无法理解眼前的场景是怎么一回事，不管她们是谁，总之晨星看见的是几个陌生的疯女人在跳上跳下。或者更贴切的说法是，她们疯狂的举止就像活生生的提线木偶一样古怪。

南妮试着转移晨星的注意力。

"亲爱的，你让波佩杰王子一个人待着吗？"

"不，南妮，当然不是。他已经离开了。"晨星立即回答，看来她的注意力不太可能从这几位奇怪的女士身上转移，因为整座城堡都是她们又唱又跳的声音。

"女士们，拜托，请立即停止你们的行为。你们快踩到我的猫了！"晨星厉声说道。古怪三姐妹顿时僵住，表情变得严峻并充满轻蔑。她们瞪大眼睛盯着晨星，看起来就像恶毒的玩偶。"你的猫？"露辛达说道，恶狠狠地瞪了晨星一眼。

"对，我的猫！在你们的尖头靴踩到她以前，请先离她远一点！"

"露辛达，不准对她出手。你们之前在骚扰野兽时，已经差点害死过她一次了。这次我可不会眼睁睁看你伤害我的宝贝女孩！"晨星认识南妮这么多年来，从未听过她如此严肃的语气，就连之前南妮和乌苏拉对质时也没有这么严肃过。

"她和野兽是什么关系？"晨星困惑地问道，视线从古怪三姐妹身上转移到南妮身上，"这些女人到底是谁？"

南妮将一只手放在晨星的手臂上试着安抚她。

"亲爱的，她们是瑟西的姐姐，是来帮我们寻找瑟西的。"

瑟西的姐姐？这是真的吗？晨星看着古怪三姐妹，她们三个肯定是姐妹没错，不可能不是。因为不论从哪个角度看，她们都是外表一模一样的三胞胎，身上还带着某种邪恶、污浊的气息。

有鉴于刚刚她目睹的场面，晨星对她们的第一印象很不好。她们的头发黑得像一桶焦油，皮肤白得像晒干的墨鱼骨，而且她们还在大眼睛的周围画上黑眼线，使眼窝显得比原来更凹陷。这三个姐妹骨瘦如柴，手指虽然戴满了戒指，却干瘪到没有任何一枚戒指是戴得牢的。

她们简直就像是招魂师从坟墓里唤醒要参加萨温节①舞会的死尸。这几个吓人的巫婆绝不可能和瑟西有任何血缘关系。

绝不可能。

"说话小心点，亲爱的，否则我们会变得很危险。"露辛达哈哈大笑。

"给她好看，露辛达！她偷了我们的猫！""我们可以把她炖在油锅里，将她的骨头送给罗马尼亚的女巫当祭品！"

"冷静点，姐妹们。"露辛达再度笑着说道，"她什么

---

① 萨温节是旧有的万圣节。凯尔特人将十月的最后一天视为夏季的结束、冬季的开始，他们相信在十月最后一天，死去的灵魂们可以重返人间游走。

也没偷。还记得吗，野兽王子和晨星订婚时，我们的普兰兹就住在野兽王子的城堡里。她根本就不知道普兰兹真正的主人是谁，她怎么可能知道呢？"

南妮为露辛达难得的理智而感到惊讶。尽管鲁比和玛莎试着遏制怒气，但仍气得直发抖。她们过去几个月一直表现得很拘谨，完全不闹事，一点都不像她们自己。所以现在她们得用尽全力才能阻止自己开启的地狱之门，将眼前这个乳臭未干的丫头推下去。这样她们就再也不会见到这个愚蠢的小美人了。

"好姐妹们，请注意一下你们的想法。"南妮警告说。

"看来传奇之人想起来她会读心术了。"露享达抑揄道。

晨星觉得自己快失去理智了。"她们说的传奇之人是指谁？"她问道。

古怪三姐妹开始哈哈大笑，晨星顿时感到头晕目眩。她感觉自己仿佛陷入尖锐的笑声旋涡，永远也无法挣脱。

"这是什么问题，传奇之人指的当然是你亲爱的老保姆。亲爱的，难道你不知道吗？她跟我们一样……也是女巫。"玛莎咯咯笑着说道。

晨星往后退好几步，就像面对一群毒蛇一样。

"她们说你是什么？"

女巫们看得出来晨星正试图努力消化这一切。南妮现在觉得当初叫晨星留下来实在是个糟糕的决定。她是真的希望晨星与波佩杰王子能有更多互动的机会，但现在的处境果然还是不恰当。这真是场灾难。若要跟晨星解释清楚她的来历得花上不少时间，但现在她们正在跟时间赛跑。

"抱歉，心肝宝贝，但我想你差不多该睡觉了。"

晨星的表情突然变得恍惚，像是在梦游一样，"是的，如果你不介意的话，我想我现在要去休息了。"

晨星亲了一下南妮的脸颊，接着就回到房间睡觉了，她将睡到南妮亲自将她唤醒为止。

"看来你也想起来该如何让小女孩睡着了。"露辛达笑着说道。

露辛达已经很久没有哈哈大笑了，这天她笑的次数比过去几个月加起来的次数还多，音量也更大，她觉得能够放声大笑真是太痛快了。另外两姐妹显然也有同感，因为她们也随着露辛达一起放声大笑。古怪三姐妹的笑声像是自动扩音般变得越来越响亮，越来越邪恶。她们的笑声在会客室里回荡并引起震动，天花板上的吊灯也开始摇晃。

"不，女巫们，停止！"普兰兹用传心术传话给所有在场的女巫。"你们会害这个漂亮的房间烧起来！"她抬头看着天花板上来回摆荡的吊灯，吊灯上满满的蜡烛正晃来晃去。

"女士们，茶点已经在日光温室里准备好了。那里的景色更好，而且也比较，唔……不容易烧起来。"南妮一看到男仆走进会客室里便这么说道。然后，转身对那些男仆吩咐，"这几天发生的事让公主感到很疲惫，所以我准备了一些可以舒缓神经的东西给她。你们可以跟**萝丝**说一声，请她帮我确认公主有没有回到房间里休息。"

"好的。"

"好了，我们现在去喝点茶吧。"

女巫们沿着一条长长的走廊走向日光温室，走廊墙壁上尽是精致的壁画，在金黄色烛光映照下显得格外引人注目。当她们抵达温室时，茶点已经准备好了，桌上除了茶以外，另外还有许多小块的粉红色奶油蛋糕、烤圆饼和搭配用的浓缩奶油与柠檬蛋黄酱，最后是一大块漂亮的水果磅蛋糕。鲁比一边称赞这些点心，一边偷偷将其中一个黑白色茶杯塞进她的皮包里。

"这些茶点看起来真诱人，南妮。非常周到。"

日光温室的主房间美得叫人叹为观止，透过透明的玻璃圆顶天花板还可以看见众神灯塔其余的美景。但暮色渐沉，再过不久就要日落了。古怪三姐妹开始紧张起来，因为她们在乌苏拉的阴谋里扮演着不可或缺的角色。

"这就是为什么我们会在这里，姐妹们。我们已经知道你们和乌苏拉在打什么如意算盘了。"

露辛达立即发怒："你的意思是，黑魔女已经跟你联络过了是吗？她也向你发出那讨人厌的警告了吗？"

南妮已经很久没有听到有人提黑魔女这号人物了。事实上，就跟她的魔力一样，她也失去了所有跟黑魔女有关的记忆，直到最近才开始稍微回想起一些。不知什么原因，她失去了她来到晨星城堡工作以前的所有回忆。

"不，我无法想象她会让自己卷入这种疯狂的事情。"她一说完，玛莎就冷嘲热讽地说道。

"你总是特别偏爱她，不是吗？她的表现总是那么完美。在你眼中，她永远都不可能犯错。就连当时她在盛怒之下摧毁仙境时，你也不觉得她有错。"

南妮叹了口气："我还以为她是你们的朋友。"

"她确实是我们的朋友。"露辛达说道，"但我不会让她阻碍我们寻找瑟西的计划！她已经多次插手我们的事了。现在也该让她那副高高在上的姿态狠狠跌落谷底了！"

南妮开始失去耐心了。

"我们聚在这里不是为了讨论玛琳菲森！她的事情实在是太多太复杂了，我们现在没时间讨论她，不过我很好奇她发了什么警告给你们。"

露辛达翻了个白眼，"没什么大不了的，我不想讨论这件事。"

接着，露辛达一脸狡猾的表情看着南妮说道："我倒是想知道，你是怎么想起你的身份的？在忘了自己的魔法又失去记忆的情况下，你在这座晨星王国待多久了？"她笑着继续说，"我想知道你的记忆究竟恢复到什么程度了。"

南妮用冷静与亲切的态度来面对露辛达那些烦人的问题。

"亲爱的，自从普兰兹来到这里以后，我每时每刻都在回想以前的事情。真要说的话，我想是在我拜访野兽王子的城堡时就开始了，那时普兰兹常常陪在我身边，不过当时我还没有察觉而已。这么说起来，我想我还得感谢你们当时派普兰兹去野兽王子的城堡当间谍。"

玛莎和鲁比愤怒地看向普兰兹，"普兰兹！你怎么可以泄露我们的秘密？"南妮对她们笑着说，"普兰兹并没有出卖你们！"

鲁比和玛莎站起身来忧心忡忡地来回踱步。

"露辛达，你怎么可以把我们的猫派到传奇之人附近呢？她现在把普兰兹变得与我们为敌了！"

露辛达紧闭双眼，努力抑制想勒死她们的冲动，"我哪知道晨星的保姆是传奇之人？当时她身上又没有魔力！我们也没有任何可以掌握她行踪的方法！我当时还以为她已经死了。"当女巫们各执己见喋喋不休地争吵时，普兰兹静静地趴在一棵巨大的冬至树前。那棵树一直生长到圆顶天花板上。她看着树上挂着的银色饰品四处反射烛光并照亮整个房间。但她的心思不在眼前的景色，而在于她惨败的计划上。她怎么会以为自己真的有办法能将这几个女巫聚在一起，心平气和地说服她们同心协力一起拯救瑟西的性命呢？

"'拯救瑟西的性命'是什么意思？"露辛达情绪激动地问道，"你的意思是什么？难道瑟西遇上危险了吗？"普兰兹深深吸了一口气，再慢慢呼出。她搞砸了。她一直小心翼翼试着不让她的女巫主人们失去理智，她需要古怪三姐妹保持理性。看来她需要让她们直接看看到底发生了什么事才行，这件事不能用说的，因为话语只会被打断、扭曲和误解。

她必须让她的女巫主人们亲眼看见才行。耳听为虚，眼见为实。她们看了自然就会明白。

　　"给我们看什么？"古怪三姐妹急得再度跳脚，一边大声尖叫，一边用她们闪亮的黑色尖头靴在地板上哒哒踩个不停，"让我们看瑟西！快给我们看我们的妹妹！"圆顶天花板上的玻璃开始嘎嘎作响，眼看就快裂了，但古怪三姐妹丝毫不关心。

　　"快点让我们看瑟西！"

　　"拜托你们冷静点！你们这样只会让天花板上的玻璃砸到我们头上！"南妮大声喊道。古怪三姐妹陷入一阵疯狂，又叫又跳，将头发上的丝带一一扯下来。她们的鬈发乱成一团，脸上的妆都哭花了。

　　"让我们看看我们亲爱的妹妹！露辛达，快拿出魔镜！"玛莎大叫。露辛达抢走鲁比的皮包，从里面掏出一把魔镜。

　　"露辛达，我们已经试过在镜子里召唤她了！没有用的！"鲁比嚷嚷着，但露辛达不予理会。

　　"将瑟西显现至我们眼前！"露辛达对着镜子里自己一脸惊恐的倒影尖叫道。南妮从露辛达颤抖的手中抢走魔镜，"将瑟西显现至我们眼前！"

镜子里出现一个看起来病恹恹的怪异生物，肤色则是一种看了就不舒服的灰绿色，眼窝又黑又深。

"该死又没用的镜子！我说的是，将瑟西显现至我们眼前！"

"亲爱的，那就是你们的妹妹。那个生物就是瑟西。"

第18章

深海女巫的背叛

古怪三姐妹不敢置信地呆坐在沙发上看着魔镜，看着她们可怜的妹妹！那东西怎么可能是她们的瑟西？而且为什么传奇之人能够召唤出她的画面，她们三姐妹却没办法？

　　"我请普兰兹把你们找来，是因为我担心乌苏拉会毁约。"南妮的语气十分严肃。

　　"毁什么约？"古怪三姐妹异口同声问道。

　　"虽然她答应会把瑟西还给你们，但我想她并不打算遵守承诺。"

　　古怪三姐妹的头同时迅速向右一歪。她们的表情像是在看很遥远的某处，简直如出了神一样精神恍惚，最后露辛达终于有所反应："还给我们？你说还给我们是什么意思？"

　　"抱歉，我还以为你们早就知道了。"

"知道什么？到底什么事情是我们早就该知道的？"

"瑟西在乌苏拉手上。我以为你们是因此才帮助她的。"

"不，是我们先向她求助的。她答应说只要我们消灭川顿，就会帮我们找到瑟西。"

"我懂了，所以你们是为了好玩儿才同意帮她毁掉爱丽儿，然后再杀死川顿？"

"才不是为了好玩儿！是为了瑟西！乌苏拉为了消灭川顿，告诉我们她的故事以引起我们的仇恨并为她所用，如此一来我们就能联手摧毁川顿了！以此作为回报，她才会帮我们找到瑟西！但既然她背叛了我们，现在起我们的仇恨将会像数不尽的噩梦落在她身上！她得为此付出代价，下半辈子的每一天都活在悲惨痛苦之中！"

露辛达站了起来。另外两姐妹仍呆坐着，对乌苏拉竟厚颜无耻地利用她们一事感到震惊。关于川顿的事情，乌苏拉没有撒谎，这点是肯定的。因为她们已经透过火焰亲眼见证川顿确实不是什么好东西。

"川顿毫无疑问是真的死有余辜，但乌苏拉为什么要背叛我们呢？"露辛达叫道，"我不懂，她根本就没必要欺骗我们！也许是因为乌苏拉以为我们可能会拒绝她。难道她不知道，无论如何我们肯定都会答应帮助她吗？那假如我们当初拒绝她的话，事情会演变成什么样？她打算拿瑟西的命来威胁我们吗？勒索！"

露辛达愤怒地紧紧握住魔镜，"乌苏拉在哪儿？将深海女巫显现至我面前！"

镜子里出现了凡妮莎，地点是举办婚礼的船上，她看起来像发狂的新娘，脸色异常苍白。看来她体内的愤怒已经开始扭曲了凡妮莎的美丽外表，正渐渐转变回深海女巫的模样。爱丽儿的双脚已变回鱼尾而倒在甲板上，艾力克则惊恐地看着凡妮莎大声吼叫："太迟了！你来得太迟了！"

她的手指射出猛烈的闪电刺透天空，真实的样貌从人类的躯壳中爆裂出来，船上所有人见到这一幕都惊恐地尖叫起来，乌苏拉仿佛从梦魇中爬到现实的爬行生物，正迅速朝着艾力克与小美人鱼的方向爬去。

"她抓到爱丽儿了！我们太迟了！"鲁比叫道。

"不，还来得及！"露辛达紧紧抓着魔镜说。

她朝房间的门挥了挥手，用魔法将门封死以确保不会有人进来打扰她们。接着她走到房间正中央，站在玻璃圆顶天花板底下。刚好这时外面开始放起烟火，五光十色的烟火照亮了整片天空，花火如雨点般落到玻璃圆顶上。晨星城堡附近的港口聚集了许多远道而来的船只，那些船将整晚待在那里迎接冬至第一个夜晚，并向众神灯塔献上火与光来表示敬意。

露辛达开始吟诵新的咒语。

"杀死海巫让她血流入海，释放吾辈之妹，照我所说去做！"

与此同时，乌苏拉的哥哥出现在镜子里，他满脸愤怒，对紧握着爱丽儿手腕的乌苏拉怒吼："放开她！"

乌苏拉露出不屑的笑容，"想得美呀，川顿！她现在是我的了。我们可是有契约的！"乌苏拉拿出有爱丽儿签名的契约书，好奇川顿看完以后心中有何感想。他会为了女儿失去性命而感到害怕吗？也许我应该在他面前杀了他的心肝宝贝——让他体验我父亲临死前的痛苦与恐惧，让他亲自感受他所说的"罪有应得"是什么滋味！

"爸爸，对不起。我不是故意的！我不知道事情会变成这样！"爱丽儿哭喊道。

川顿满腔怒火，每次呼吸都使他胸腔越来越膨胀，接着他举起三叉戟，将怒气转变为一股强大的力量向乌苏拉手上的契约书释放，想借此破坏那张契约。不过，尽管那股强大的力量将乌苏拉撞击到一块岩石上，被击中的契约书还是丝毫无损。

"你瞧！这契约可是正当合法、具有约束力并且坚不可摧的，即使是你也无法毁约。"乌苏拉对川顿露出笑脸，她知道这会让他更恨她，那笑容意味着她迫不及待想看他被仇恨给噎死。

"当然啦，我是个善于讨价还价的女孩。伟大海底国王的女儿是一件非常珍贵的商品。"

"不过我敢说，古怪三姐妹的妹妹是更加宝贵的商品。"她心里这样想着。

古怪三姐妹的怒气如呛人的浓烟般布满了整个房间。虽然她们痛恨川顿，但现在她们更痛恨的是乌苏拉。她竟敢对她们的妹妹下手！她竟敢利用她们的瑟西！

"乌苏拉骗了我们！她根本就没打算放过瑟西！"鲁比和玛莎的尖叫声传遍许多王国，但露辛达却异常冷静。

"姐妹们，安静，再叫下去会被乌苏拉听见的，我们可不希望让她发现我们已经看破她的伎俩。她打算把瑟西当成对付我们的筹码，以确保我们将来也会继续帮助她完成所有计划。黑魔女是对的。我们必须阻止她。"

于是古怪三姐妹再度吟唱咒语，她们越唱越大声，越唱越激烈，每个字都让她们身体不断地抽搐与扭曲……

"杀死深海女巫，让她血流入海，照我所说去做！"……接着她们继续看魔镜里的乌苏拉与川顿。

"但我也很乐意拿她来跟身价更高的人做交换。"乌苏拉说道。

川顿知道她想要什么。她的目标从一开始就不是爱丽儿，而是他的权力，他的灵魂。这就是乌苏拉的复仇，而川顿多少也觉得这是他自作自受。他对人类的憎恨导致他赶走了女儿，他一次次辜负妹妹的信任而导致她现在变得如此疯狂。川顿心想：没错，这是我自己招来的报应。

他将代替女儿成为乌苏拉的奴仆。当川顿在交换契约上签名时，乌苏拉说过的话在他耳边响起：就算我真的是你所形容的恶心生物，那也是你一手造成的！乌苏拉是对的。是他亲手将她扭曲成怪物的，他无法改变这个不争的事实。现在才开始后悔对他已经毫无意义。他说什么也没用了。"至少我还能拯救爱丽儿，也许她将成为比我更富有同情心的统治者。"古怪三姐妹看着接下来发生的事并希望能够如预期地消灭川顿。对妹妹所做过的事，川顿终于感到悔悟了，但这还不够。她们要他以死谢罪。她们竭尽全力才没有屈服于这股恨意，避免让蛮横的川顿死于她们的诅咒。

哦，古怪三姐妹多希望乌苏拉仍然是原先认识的那位朋友，她们很乐意帮她打倒川顿，让她坐上王位。只要能帮得上忙，她们很愿意为朋友做任何事。为什么要背叛呢？亲眼见到乌苏拉违背承诺，实在是令人非常失望。她们还以为她与众不同，以为她单纯只想要复仇与得到权力，但她之所以渴求权力，也只是因为她大半辈子都觉得对自己的命运无能为力。谁知道她最后真的变成哥哥所指控的东西。她变得面目可憎。

当女巫们看见乌苏拉戴上川顿的王冠并举起三叉戟时，她们心头感到一阵恐惧。原来这就是黑魔女向我们发出警告的原因，她比我们更了解乌苏拉的内心。古怪三姐妹惊恐地看着乌苏拉开始变得巨大，直到突破海平面成为海上巨兽。

乌苏拉内心的疯狂似乎也正在急速失控中。她轰隆的笑声响彻许多王国，她指挥着大海，将沉没于海底的沉船拉出海面。她掀起凶险的巨浪，让那些死气沉沉的破旧沉船起死回生，在大漩涡中打转。同时，她疯狂咆哮，声称自己是海洋的支配者。

现在呈现在古怪三姐妹眼前的，已经不再是她们曾经称为"朋友"的女巫了。这股压倒性的力量彻底吞噬了乌苏拉，使她完全失去了理智。

黑魔女是对的。

乌苏拉制造出满是破碎船只的大漩涡，用它们来攻击爱丽儿与艾力克。她打算杀了爱丽儿。至于嫁给艾力克进而征服陆地的主意，似乎像已经玩腻的玩物般被抛到九霄云外，她内心的疯狂膨胀得太快，以至于忘记了原本的目的。

过于强大的力量使她发疯了。又或者是仇恨与悲伤把她给逼疯了，毕竟，她失去了她所爱过的一切。

露辛达又念了一次咒语，不过这一次她下定决心要消灭乌苏拉。露辛达心里想：她们三姐妹并没有比川顿好到哪里去，因为乌苏拉会沦落到这个地步，她们多少也有责任。这让露辛达感到心痛，尽管乌苏拉背叛了她们，她却对接下来要做的事情感受不到复仇的喜悦。

"杀死深海女巫，让她血流入海，释放吾辈之妹，照我所说去做！"

玛莎和鲁比感到惊慌失措。

"我们不能杀了乌苏拉！一定还有办法可以帮助她的！如果我们能拿走她的王冠和三叉戟，她就会恢复正常了。"鲁比尖叫道。

"没错，这都是我们的错！瑟西会生气也是应该的！我们总是好管闲事，乌苏拉会变成这样也是我们多管闲事害的。乌苏拉不该为此而丧命！"

露辛达眼神凶狠地看着她的姐妹们，"安静！这是乌苏拉自找的，与我们无关！就算放手不管，她迟早也会靠自己找回项链，况且她还挟持瑟西以确保我们无论如何都得帮助她！乌苏拉已经不再是我们曾经认识的深海女巫了，她就跟坏王后一样，已经被权力和贪婪吞噬，必须消灭这个双面人！"

聚集在晨星港口的船只再次发射烟火，绚烂的火花在女巫们上方绽放并流泻至玻璃圆顶上，露辛达继续说："这是唯一能让我们的妹妹重获自由，同时又能确保她不会恨我们一辈子的方法！要是放任这股力量不管，瑟西将永远都不会原谅我们！"

露辛达透过玻璃圆顶天花板望向天空，五光十色的火花如瀑布般倾泻而下，而远方的大海被强烈的紫色光芒所笼罩，"姐妹们，除了消灭她以外，我们别无选择了。现在，跟着我一起念咒语。"

露辛达、鲁比、玛莎与南妮聚集她们的魔力，将讯息传送到众多王国，尽其所能地让各地女巫都听到她们的呼唤。这不是什么秘密的黑魔法，而是孤注一掷的请求，希望感应到此呼唤的女巫，可以将力量借给她们，帮助她们打倒现在拥有足以摧毁世间一切生灵之魔力的深海女巫。

"你夺走了我们的妹妹与仇恨之力，死于我们之手是你选择的命运！"女巫们放声尖叫，再度对镜子说，"将深海女巫显现至我们眼前！"魔镜里出现了乌苏拉的影像。

"她想杀死爱丽儿！她已违背其诺言！快杀死深海女巫，必让她一命呜呼！"

房间里的女巫们情绪激昂，她们穿着靴子用力踏着地板并大喊咒语，玻璃圆顶天花板再度嘎嘎响起，似乎随时都会破裂。仆人们在日光温室门外猛敲门，想知道里面究竟发生了什么事却怎么也进不去，从门内传出来的尖叫声以及从海上传来的爆炸声把他们吓坏了。

"将深海女巫显现至我们眼前！"

女巫们看见艾力克王子在漩涡中爬上其中一艘沉船，那艘船的前桅已经断裂，只剩下锯齿状的木桩，女巫们一看就知道乌苏拉的生杀大权已经落在她们手上了。

"刺穿深海女巫让她血流入海，赐予艾力克力量，照我们的话去做！"

那艘沉船断裂的前桅猛地刺进乌苏拉体内，天空落下闪电，一阵电流在她身上四处流窜并爆炸，紫色天空下的大海冒出泡沫与滚滚浓烟，乌苏拉的尸体随着失去魔力的沉船，一起沉入大海深处。女巫们终于松了一口气。

　　古怪三姐妹成功杀死了这位曾经被她们称为朋友的女巫，然后全身虚脱地倒了下来。

第 **19** 章

瑟西的绝望

在大海深处，乌苏拉的迷失灵魂花园某个角落里，瑟西感到身上突然进出光彩夺目的光芒，就和她周围的人类一样，散发出耀眼的金色光芒。那是种很奇怪的体验，仿佛直到此刻，她才再次想起来活着是什么感觉。因为这段时间，乌苏拉夺走了她的灵魂，并将枯萎的空壳与其他牺牲者一起囚禁在深海女巫的花园里。

瑟西从来没有想过失去灵魂是什么感觉，要不是有了这次经历，她可能永远也无法知道，失去灵魂竟会带来如此深刻的空虚感，除了悲伤与孤独以外，没有任何感觉。

尽管如此也无法充分描述当时的感受。

她认为类似一种强烈的悲痛，一种可怜的空虚感，是绝望与无助的综合体，像被漆黑的无底洞所吞噬，永远也爬不出去。

她好奇当初野兽王子被身上的诅咒夺走他的人性时，

是否也有过相同的感觉。她因为羞愧而涨红了脸颊。当然，姐姐们一定会说那是他自找的，并说至少她给了他改变的机会。事实确实如此。但就算是他自己活该好了，只要一想到自己竟然曾经将这种痛苦施加到另一个人身上，她就感到非常痛心。

当瑟西与其他受害者获得解脱并纷纷逃离乌苏拉的花园时，她看见绑架她的深海女巫的尸体就散落在海底，同时她感应到姐姐们似乎就在不远处。瑟西用人鱼的鱼尾游向那具尸体，并看见乌苏拉大部分的触手都断裂了，她不禁畏缩了一下，对自己在乌苏拉的丧命事件中所扮演的角色感到十分内疚。

她不明白乌苏拉为什么要背叛她。虽然现在她已经不再被困在乌苏拉的花园里，但空虚且恐怖的感觉仍萦绕在心头挥之不去。她一心想知道乌苏拉究竟为什么要背叛她。瑟西真的很喜欢乌苏拉。她们俩一直相处得很愉快。但现在她永远都无法知道为什么乌苏拉要背叛她了……

真的是这样吗？

在一片浑浊的海床上，乌苏拉的遗体中有条微微发亮的金色贝壳项链。瑟西伸出小手抓起那条项链并不顾一切地许了个愿望。

接着她立即感受到一股前所未有的暴怒向她袭来。那股愤怒的力道简直强得不能驾驭，仿佛会将她吞噬。不，吞噬并非准确的说法，应该说这股情绪在她体内不断成长，它变得越来越庞大，越来越邪恶，已经膨胀到不受控制的程度。她觉得自己随时都有可能爆裂，而且一旦爆裂，除了仇恨之外什么都不会留下。

这个痛苦实在是叫人难以忍受。痛苦至极。但最糟糕的不是痛苦本身——而是仇恨与愤怒。这股情绪就像毒瘤般缠绕住她的心，扭曲她的思想并在脑海中传进一幕幕可怕的画面。

瑟西脑子里浮现一堆她无法理解的画面：一个男子遭到暴民残杀，只为不让他接近一个年轻女孩；接着场景转移到另一个画面：那个女孩站在悬崖上痛哭，内心充满了恐惧与憎恨。不同的画面一个接一个快速在瑟西脑中掠过。瑟西不知道这些画面背后的故事，但她能感受到那些记忆就像是她的亲身经历一样，因为她觉得自己变成了一个全新的、与众不同的……异类。

此时此刻，她占有了深海女巫的灵魂。

她就是乌苏拉。

她是只海上巨兽，身体不仅仅因为愤怒而变得巨大，也因为源源不绝的力量与不受控的变身而不断膨胀。她拥有驾驭大海的能力，而她也确实随心所欲地指挥着大海；但这股力量过于庞大，任何女巫都无法承受，即使乌苏拉也不例外，瑟西为此而感到恐惧。她不但要抵抗逐渐失去控制的自我，同时还得应付一股特别针对她的强烈仇恨。她不知道究竟谁有这等能耐可以引导这股强烈的仇恨。到底是谁竟然能够反过来利用她的魔法对付她？仇恨的旋涡正淹没她，她的头脑一片混乱。她的身体已经膨胀到不可估量的地步，就连她都开始无法理解自己的言行举止。她的仇恨背叛了她。

瑟西看见深海女巫的内心：她觉得自己污秽不洁，很丑陋，既畸形又惹人厌。她完全就是哥哥所形容的怪物，下场就如黑魔女所料。深海女巫知道会走向这样的结局是她罪有应得。是的，她在死亡前一刻就已经知道自己不得善终，她之所以背叛亲爱的朋友们，也就是背叛古怪三姐妹，都是为了……为了获得复仇的力量。但她却无法控制这股力量，反而被它摧毁。她得到力量的同时也失去了自我意志。强烈的仇恨感占据她的心。仇恨滋生仇恨，直到最后仇恨本身成为自己的造物主，没有她支配的余地。

其实在艾力克刺穿乌苏拉以前，她就已经死了。

瑟西发出一阵恐怖的尖叫，那阵尖叫是如此声嘶力竭，她一度以为那阵叫声会令她的喉咙破裂。

瑟西再度变回自己，但变得相当虚弱。原因除了她刚从花园里的束缚获得解脱以外，还因为她窥见了乌苏拉临终前的内心世界。

当她浮出海面时，还能够看见紫灰色的滚滚浓烟从海上升起，就如凶恶的乌云般布满整片天空，并染黑了停泊在晨星城堡附近的船只。乌苏拉部分遗体浮上海面与海浪的泡沫混在一起变成腐坏的灰黑色，仿佛在说即使她死了，仇恨仍挥之不去。

尽管如此，众神灯塔依旧矗立在原地照射出绚丽的光芒，拒绝被腐朽的浓烟削弱半点光辉。当瑟西从海浪中游到岸上时，她的人鱼尾巴变回人类的双脚，能够再次感受到脚底下踩着沙滩的感觉，实在是令人感到欣慰。不过瑟西一感应到姐姐们就在附近，便赶紧惊慌失措地奔向晨星城堡，因为她知道情况不太对劲。

她没空停下脚步和门口守卫解释自己是谁，于是直接下咒让他们放她进去。哈德森先生一脸惊恐的模样在大厅入口迎接她，面色苍白，双眼充满担忧。

"瑟西小姐，你在这时出现真是谢天谢地！晨星公主出了很严重的问题，而南妮似乎又遭到袭击！"瑟西刚从人鱼变回女巫，脑袋还处于一片混乱，她努力让自己的头脑清醒起来。

"她们在哪里？带我去看看。"

哈德森将她带到出问题的房间，几名卫兵正站在门外试图用斧头劈开房门，但只要看地上就知道，他们仅仅是成功地弄断了一大堆斧头。

"各位请退后。"瑟西的手向前一伸，砰一声就把门炸开了。南妮和瑟西的三个姐姐都躺在地板上，昏迷不醒。

"晨星呢？"瑟西看了看房间以后问道。

"公主在她的房间里。萝丝试了好几个小时都叫不醒她。"瑟西想不通这里究竟发生了什么事情。

"我需要所有人都离开这个房间。"

哈德森先生原本想开口表示抗议，但瑟西异常严肃的态度让他打消了念头。

"哈德森，快点！叫所有人都离开这个房间，这样我才能照顾南妮和我的姐姐们。"

第**20**章

川顿的懊悔

川顿在浑浊的海底寻找爱丽儿，无形的恐惧包围着他，令他很不舒服。他感受得到妹妹的恨意深植在散落于海底的遗骸中。川顿觉得自己会因为这股浓烈的恨意透不过气窒息而死，也许这就是她的目的。他知道她如此痛恨他是理所当然的，因此川顿对自己在乌苏拉的灭亡事件中所扮演的角色，感到一种无法抑制的恐惧感。川顿无法弥补他对自己妹妹做过的种种恶行，但至少他可以避免对自己女儿犯下相同的错误，哪怕这意味着他必须亲手将她变成人类。

　　他认为乌苏拉终究还是成功复仇了。因为川顿将亲手把深爱的女儿变成这个世界上他最痛恨的东西——人类。

第 **21** 章

沉睡女巫

瑟西坐在晨星的床旁边，看着她熟睡的模样。她已经确认过晨星身上没有穿戴任何附加沉睡魔咒的道具，因此她最后得到的结论是：一定是这座城堡中的一个女巫对晨星施展了沉睡魔咒，而且是连她都无法解除的强力魔咒。她真想知道在她被乌苏拉俘虏的这段时间究竟都发生了什么事。但南妮和姐姐们也一直处于昏迷不醒的状态，因此一切几乎都是谜团。瑟西握着晨星的手静静坐在一旁，感到孤立无援。就在此时，她透过窗户看见远方的海上，有道壮丽的彩虹悬在一艘漂亮的船上方。不知为何，这幅画面让她打从心底涌现一股喜悦。

　　"因为那是一艘结婚礼船，亲爱的。"

　　瑟西回头一看，发现是南妮和普兰兹站在门口。

　　"南妮！这里到底发生了什么事？"

　　南妮看见瑟西平安无事总算松了一口气，庆幸她们的牺牲没有白费。

"什么牺牲？该不会是指晨星吧？"

南妮露出虚弱的微笑，"不，亲爱的。晨星没事，我随时都能唤醒她。"接着瑟西立即了解南妮指的是什么了：她的姐姐们出了大事。

"没错，亲爱的。要逆转充满如此深重仇恨的魔法非常棘手，我很惊讶你的姐姐们竟然能挺过来。"

瑟西终于知道为什么乌苏拉临死前会被自己的魔法反噬了。

"我不懂。什么样的魔法需要动用到逆转？姐姐们又为什么要做……"她说到一半就明白了，姐姐们之所以这么做是为了解救被困在乌苏拉花园里的她。

"来吧，亲爱的，我们先去目送结婚礼船离开，接着我们再喝点下午茶，到时我会告诉你整件事的始末。"

南妮听得见瑟西的心声与疑惑，也知道她心里有无数的问题想问。

"等你听完我说的故事后，你会很高兴看到那对幸福的新婚夫妇，将开启他们的新生活。相信我，亲爱的。老南妮我几乎就跟你一样了解你在想什么。"

尾声

未完待续

两名年龄与魔法派别各不相同，但内心与情感非常相似的女巫一起站在吹着海风的悬崖上，看着爱丽儿与艾力克的结婚礼船驶向未来。爱丽儿从来没有像现在这么快乐过，她正准备和最心爱的男人一起探索全新的世界；她终于可以用双脚自由地跳舞与奔跑；她终于能够亲身体验梦寐以求的人类生活。

　　"我的姐姐们阻止了乌苏拉杀死那个女孩？"南妮认为最简单的回答就是最好的答案。

　　"没错，亲爱的。是你的姐姐们救了所有人。"

　　瑟西认为三个姐姐的决定是对的：也许以后再重听一遍小美人鱼的故事时，她就会觉得这是个有趣的故事，肯定会打从心底为爱丽儿感到开心，因为小美人鱼总算实现了变成人类并嫁给王子的愿望。但此时此刻，她心里想的都是她的三个姐姐，以及待在她们身旁的普兰兹。

普兰兹静静地看着女主人们，眼里充满担忧，只能祈祷并等待她们赶紧从如死亡般的沉睡中醒过来。

就在此时，南妮和瑟西不约而同地打了个冷战，她们背后传来一股刺痛感，两人都察觉到有人正慢慢接近她们。

一个女巫。

一个非常强大的女巫，还不知道对方究竟有何意图……